愛的故事

Best Love Stories

許慧倫．編著

人生畢竟短短幾十個春秋，何不放下虛偽，讓自己來做個愛的源頭

有幾個人能清楚的知道自己生活在“愛”中?

《珍惜我們所擁有的》在我們這裡有的，

別人可能認為是很難實現的**理想**。

愛是一堵神秘的牆，在你心靈脆弱時，不經意靠上去，就會踏實、安靜……

思想系列：30

愛的故事

編　　著　許慧倫
出 版 者　讀品文化事業有限公司
執行編輯　廖美秀
美術編輯　翁敏貴
社　　址　22103　新北市汐止區大同路三段 194 號 9 樓之 1
TEL／(02)86473663
FAX／(02)86473660
總 經 銷　永續圖書有限公司
劃撥帳號　18669219
地　　址　22103　新北市汐止區大同路三段 194 號 9 樓之 1
TEL／(02)86473663
FAX／(02)86473660
E-mail　yungjiuh@ms45.hinet.net
網　　址　www.foreverbooks.com.tw
法律顧問　中天國際法律事務所　涂成樞律師、周金成律師
CVS代理　美璟文化有限公司
TEL／(02)27239968
FAX／(02)27239668

出 版 日　2012年02月

國家圖書館出版品預行編目資料

愛的故事 / 許慧倫編著. — 初版.
— 新北市 : 讀品文化, 民101.02
面 ;　公分. — (思想系列 ; 30)
ISBN 978-986-6070-23-5(平裝)
855　100026332

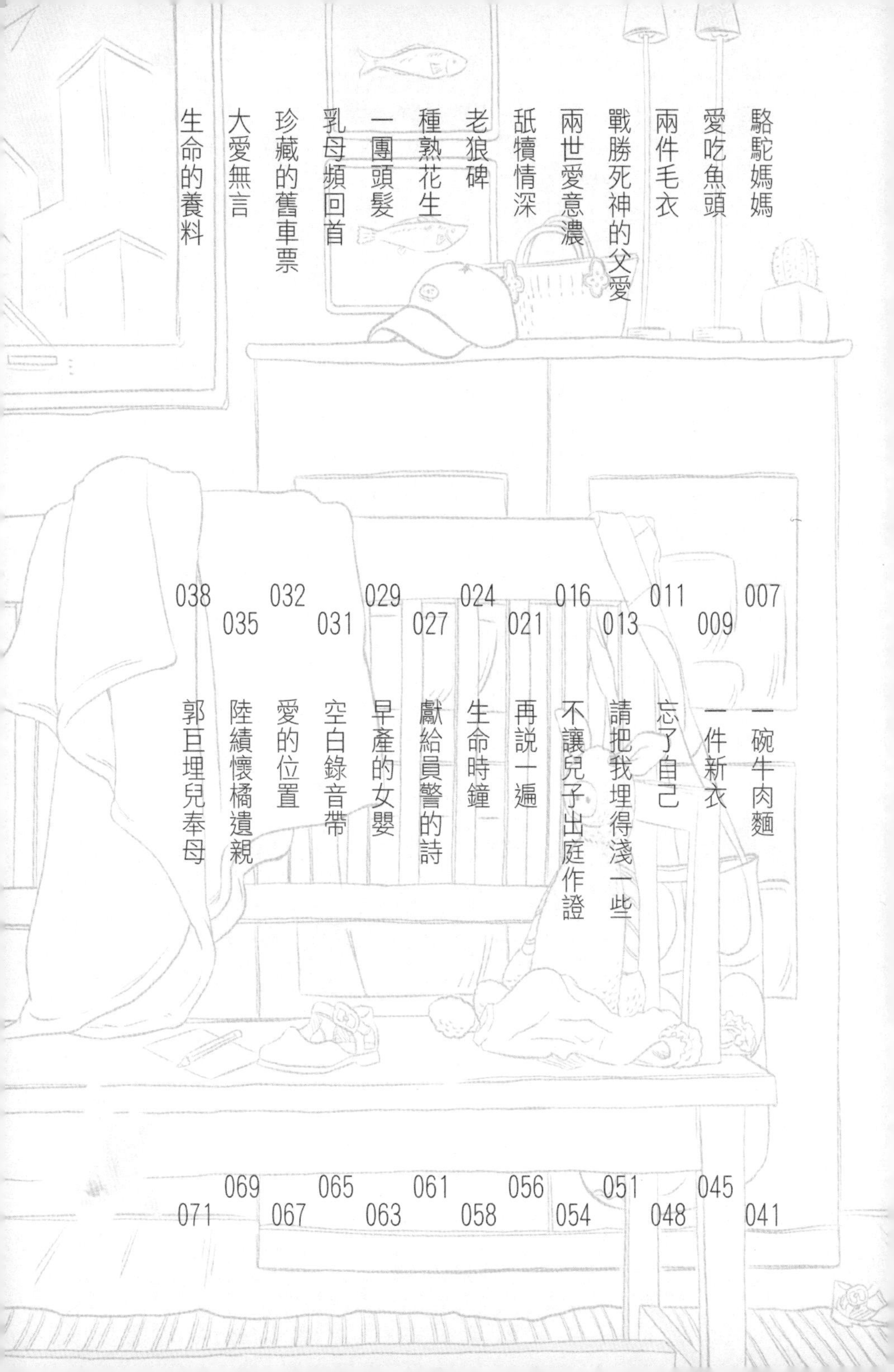

駱駝媽媽

有一個美國旅行者在非洲撒哈拉沙漠看到這樣的一幕：無人區裡有一隻母駱駝帶著幾隻小駱駝一路低著頭，不時的停下來聞著乾燥的沙子。按照常識，美國人知道這是駱駝在找水喝。

它們顯然渴壞了，幾隻小駱駝無精打采的走著。在太陽的炙烤下，它們的眼睛佈滿紅色的血絲，看起來它們有些支撐不住了。

旅行者還發現，小駱駝們緊緊的挨著駱駝媽媽，而駱駝媽媽總是根據不同的方向驅趕孩子們走在它的陰影裡。

終於，它們來到一個半月形的泉邊停住了。幾隻小駱駝異常興奮，打著響鼻。

可是，泉水離地面太遠了，站在高處的幾隻小駱駝不論怎麼努力也無法把嘴湊到泉水邊上去。

驚人的一幕發生了。那隻駱駝媽媽圍著它的孩子們轉了幾圈，突然縱身躍入深泉……水終於漲高了，剛好能讓小駱駝們喝著。

母愛無限，為了兒女，她們可以忍受任何磨難和痛苦，她們只希望她們的孩子平安，為了孩子甚至可以犧牲生命。世上沒什麼愛比母愛更偉大的了。

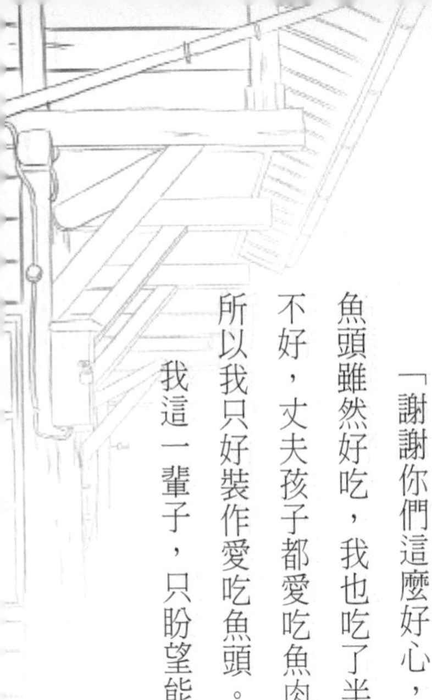

愛吃魚頭

有個人的一位長輩，以愛吃魚頭聞名。

每逢她家裡吃魚，兒女們總是把魚頭先夾到她的碟子裡。和朋友們聚餐，人家也將魚頭讓給她，只是在外面她比較客氣，常婉拒人家的好意。

不久前，她去世了。

臨終前，幾位老朋友到醫院探望她，有位朋友還特意燒了個魚頭帶去，那時她已經無法下嚥，卻非常艱難的道出了一個被隱瞞了十多年的秘密：

「謝謝你們這麼好心，為我燒了魚頭。但是，事到如今我也不必瞞你們了，魚頭雖然好吃，我也吃了半輩子，卻從來沒有真正的愛吃過，只是家裡經濟條件不好，丈夫孩子都愛吃魚肉，若我吃了，他們就少了；不吃，他們又過意不去，所以我只好裝作愛吃魚頭。

我這一輩子，只盼望能吃魚身上的肉，哪曾真愛吃魚頭啊！」如今，每當這個人聽說有人愛吃魚頭，總會多看他幾眼，心想：「他是真的愛吃魚頭呢，抑或吃魚頭是為了愛？」

這個問題，相信大家心中都有答案。父母之情深似海，為了兒女，會不顧自己，無私無言，愛意綿綿。在人的一生中，誰會這麼對你呢？從日常生活中發現哺育你、滋潤你的真愛，用心去體會，你的生活會因為充滿了父母之愛而更美！

兩件毛衣

在小玲的衣櫥裡珍藏著兩件毛衣，睹物思人，常常讓她想起母親。

小時候的她，最大的願望就是能有一件毛衣，可是她沒有。因為媽媽的手不巧，家裡經濟也拮据，買不起毛線。所以只要寒風一起，小玲就第一個穿上了大棉襖，為此常引來同學們的嘲笑，她只好用加倍努力學習來抵擋別人的眼光。她從來沒有埋怨過媽媽，幾個孩子的穿用常常使得媽媽煞費苦心的在燈下縫到深夜，她怎能再增添媽媽的憂愁？

後來小玲終於有了一件毛衣，是媽媽把她的舊毛衣拆了織的。媽媽織毛衣的速度很慢，也不會織花樣，只會織最簡單的平針，還常常織錯，總是織出一截了才發現有錯針，也不好再拆了，但小玲終於有了一件毛衣。媽媽把新一些的線織在前身和領口，這樣穿起來只露領口時，也是一件新毛衣，同學們對小玲議論紛紛，小玲的臉上也多了些笑容。可是有一次上體育課時，跑步前老師讓同學們把外衣脫了，小玲就是不脫，老師再三要求，她只好脫下外衣，露出了裡面的毛衣。因為織毛衣的時候毛線實在不夠，媽媽就找了些不對色的棉線織在袖子上了，當然很難看，就像兩塊傷疤一樣暴露在同學們面前，小玲覺得難堪極了。

等到她在外地上學時，收到妹妹寄來的毛衣，那是一件紅色的新毛衣，十分漂亮，依然全是平針，她知道這是媽媽織的。妹妹在來信中說：「媽媽覺得天氣漸漸冷了，為了讓你快點有毛衣穿，她常常坐著織到深夜兩三點呢！」小玲撫摸著毛衣，十分感慨：「那些織進去的關懷、牽掛和溫情，是多麼密、多麼厚啊！」幾年前，母親離開了她們，到另外一個世界去了。因此這兩件毛衣就珍藏在小玲的衣櫥底下，母親的音容笑貌，也只能藏在她的夢中了。每當撫摸著這兩件毛衣，就勾起她對母親無盡的思念。

母親拆了自己的舊毛衣為女兒重新織上，到外地求學，又怕女兒受凍，竟然深夜兩三點還在織毛衣，那一針一線無不包含著深沉的母愛。「慈母手中線，遊子身上衣」，而今卻物是人非，那無盡的思念只能寄託在女兒夢中了。

戰勝死神的父愛

原來世界上有一種可以感動死神的愛，那就是父愛。

一九四八年，在一艘橫渡大西洋的船上，有一位父親帶著他的女兒去和在美國的妻子會合。一天早上，父親正在艙裡用腰刀削蘋果，船卻突然劇烈的搖晃起來，父親不慎摔倒在地，刀子插入了他的胸口。父親全身都在顫抖，嘴唇瞬間發紺。

六歲的女兒被父親瞬間的變化嚇壞了，尖叫著撲過來想要扶他，父親卻微笑著推開女兒的手：「沒事，只是摔了一跤。」然後輕輕的拔出刀子，慢慢的爬起來，趁人不注意時用大拇指揩去了刀鋒上的血跡。

之後三天，父親照常每晚為女兒唱搖籃曲，清晨替她繫好美麗的蝴蝶結，帶她去看蔚藍的大海，仿佛一切如常。而女孩卻沒發現到父親臉色顯得越來越衰弱、蒼白，他遠眺海平線的眼神是那樣憂傷。

抵達的前夜，父親來到女兒身邊，對女兒說：「明天見到媽媽的時候，請告訴媽媽，我愛她。」

女孩不解的問：「明天不就要見到她了，你為什麼不自己告訴她呢？」

父親笑了，俯身在女兒額上深深留下一個吻。

船到紐約港了，女孩一眼便在熙熙攘攘的人群裡看到了母親，她喊道：「媽媽！媽媽！」就在這時，周圍忽然一片驚呼，女孩一回頭，看見父親已經仰面倒下，胸口血流如注……

大體解剖的結果讓所有人覺得太不可思議了：那把刀無比精准的洞穿了他的心臟，而他卻多活了三天，而且不被任何人察覺。唯一可能的解釋是因為刀口太小，使得被切斷的心肌原封不動的接合在一起，維持了三天的供血。

這是醫學史上罕見的奇蹟。醫學會議上，有人說要稱它為大西洋的奇蹟，有人建議以死者的名字命名，還有人說要叫大神奇……

「夠了。」那是一位坐在首席的老醫生，鬚髮俱白，皺紋裡滿是人生的智慧，此刻一聲大喝，然後一字一頓的說：「這個奇蹟的名字叫——父親。」

故事中的父親是用延長生命的辦法來保護女兒，創造了三天的生命奇蹟，連醫學界都驚歎的奇蹟，唯一的解釋那就是父愛的力量。

在孩子們的腦海裡，父愛就是沉默，就是為了生計奔波：太陽還沒有出來就不見了人影，夜深人靜等孩子都睡下了，父親還沒有回來。當孩子很少見到他時，以為他不夠愛孩子，即便愛也不善於表達。但是，讀完這個故事，讓人明白了許多。因為每位父親都有他愛的表達方式，我們無須強求。小女孩的父親是用延長生命來表達，而有的父親是用默默關懷來表達，這都是一樣的幸福！

是啊，愛孩子，為了孩子，每一位父親都是那樣的義無反顧！

兩世愛意濃

冰心，一九〇〇年十月五日出生在福建省福州市（當時還叫做閩侯縣）隆普營的一所大房子裡。在這所大房子裡，居住著她祖父謝子修老先生操持的一個大家庭。

冰心的父親謝葆璋是謝子修老先生的第三個兒子。在冰心出生的時候，他已經擔任了「海艦」的副艦長了。冰心的母親楊福慈，是一位性情極溫柔、極安靜的女人。是一位典型的、在當時並不多見的、有文化的賢妻良母。

冰心父母感情極好，使他們的小家庭總是充滿溫暖、和諧的氣氛。冰心是這對恩愛夫妻的長女，也是父母膝下唯一的女兒，自然成了父母的掌上明珠。

在冰心剛滿七個月的時候，父母就抱著她離開故鄉福州，登上北上的輪船，到上海去了。

冰心和母親的感情極好，母女倆常常緊緊依偎在一起，悄悄說著甜蜜的知心

話。冰心喜歡聽母親講述關於她自己的故事，母親喜歡女兒在她身邊跑來跑去，與她親近。冰心最怕母親凝神不動。每當母親遙望窗外，或者稍稍發呆的時候，她就會跑過去，搖著母親的身體，呼喊著：「媽媽，你的眼睛怎麼不動了？」有時母親想讓女兒過來抱著她，就故意的凝神不動。她們經常這樣親密的相偎相依，有時微笑，有時互相感動得流淚。

冰心的父親謝葆璋，雖說是一位行伍出身的海軍軍官，卻也是一位舐犢情深的父親，他對自己這唯一的愛女充滿了柔情。當大家庭裡的伯母、嬸嬸們催促給冰心穿耳洞時，他就藉口說：「你們看她左耳垂後面有一顆聰明痣，把這顆痣打穿了，孩子就笨了。」他也不讓孩子穿不合腳的鞋。冰心深知父親對她的疼愛，所以，她剛一感到鞋子有點兒緊，就故意在父親面前一瘸一瘸的走，父親一見，就立刻埋怨冰心母親說：「你又給她小鞋穿了。」母親也生氣了，就把剪刀和紙裁的鞋樣推到父親面前說：「你會做你給她做，將來長出一對金剛腳，我也不管。」父親就會真的拿起剪刀和紙來剪鞋樣，夫妻倆經常為了此事笑謔口角。

冰心早晨梳小辮子的時候，父親如果在家，就總會來幫助母親。父親拿著照相機，哄著女兒，嘴裡還輕聲細語的說：「站好了，站好了，要照相了！」一邊說，一邊擺出照相的架勢。冰心的兩根小辮子就是這樣融合著父母無限的愛意慢慢長長的。

一天夜裡，冰心跑到了山頂的旗臺上，父親心急如焚，在山下著急的呼喚她。那一聲聲急切的呼喚，冰心一直深深的記在腦海裡。直到成人之後，在美國讀書時，當她思念父親的時候，每每會想起這動人的一幕，內心即會湧起無限親情愛意。

除了享有雙親的摯愛之外，冰心還享有親密的手足之情。她與三個弟弟之間感情深厚，她們常常在一起談天說地，談古論今，遊戲嬉鬧。

當冰心長大成人，遠離家人到美國留學的時候，她的弟弟們常常給她寄去長長的書信，告訴她：「從松樹間隙穿過的陽光，就是你弟弟問候的使者；晚上清涼的風，就是骨肉手足的慰語！」

這種濃濃的愛意在冰心成家立業後教育女兒的過程中，又得以「留傳」了下來。

在作家冰心看來，培養孩子純潔崇高的愛，要從身邊做起，教育他們愛自己的父母，愛自己的老師，愛自己的同學，愛花草樹木，愛小動物，以至愛國家。冰心本人就是這樣教育自己的小女兒吳青的。

冰心教育女兒吳青要熱愛自己的國家。吳青十二歲的時候，跟著父母在日本讀書，上的是美國的教會學校，吃的、穿的、用的都是美國的商品，冰心特別怕少年吳青因受美國文化和價值觀的影響，而忘了自己的祖國。後來，美國的耶魯大學請吳青的爸爸去教書，冰心更怕女兒到了美國後成了沒有祖國的孩子，於是決定送女兒回國，在自己的祖國接受教育。

冰心愛一切有生命的東西，尤其教育女兒要愛護小動物。從女兒記事起，冰心就讓她養一些小動物，目的是培養對動物的同情心。她經常對女兒說：「小動物都有生命，牠們都應當受到尊重。」吳青小時候非常淘氣，喜歡抓麻雀，捕蜻蜓。每逢抓來麻雀，或者捕來蜻蜓，冰心總是對她說：「你把牠放了吧！否則牠媽媽會著急的。你要是在外面找不著媽媽，會是什麼感受呢？」每當這個時候，吳青就把小動物給放了，看著遠遠飛去的麻雀或者蜻蜓，看著媽媽慈愛的微笑，總有一股濃濃的愛意湧上她的心頭。

冰心的家庭給我們一個重要的啟迪：應重視家庭生活，努力營造溫暖和諧的家庭氣氛。因為溫暖和諧的家庭氣氛，不但有利於孩子的人格發展，有利於孩子在愛的環境中成長，而且積極向上的進取心也會隨之增長。被關愛的孩子在家庭環境的薰陶、激勵下奮發圖強，以實現美好的願望是非常自然的事。

現今社會上青少年犯罪率不斷上升，已成為一個嚴重的社會問題。其中家庭教育影響最為深遠。這些問題青少年往往就生活在「問題家庭」中，他們從家中所得到的正確的關愛和教育往往是很少的。因此，營造一個溫暖和諧的家庭環境是相當重要、極富現實意義的。

舐犢情深

這個真實的故事發生在青海一個極度缺水的沙漠地區。這裡，每人每天的用水量嚴格的限定為三公升，這還得靠駐軍從很遠的地方運來。日常的飲用、洗漱、洗菜、洗衣，包括餵牲口，全都依賴這三公升珍貴的水。

牲畜和人一樣，不能缺水。有一天，一頭一直被人們認為憨厚、忠實的老牛渴極了，掙脫了轠繩，強行闖入了沙漠裡唯一的、也是運水車必經的公路。終於運水的車來了，老牛以不可思議的識別力，迅速的衝上公路，軍車一個急剎車戛然而止。老牛沉默地立在車前，任憑駕駛員呵斥驅趕，硬是不肯挪動半步。五分鐘過去了，雙方依然僵持著。運水的戰士以前也碰到過牲口攔路索水的情形，但牠們都不像這頭牛這般倔強。人和牛就這樣耗著，最後造成了堵車。後面的司機開始怒罵，有點兒性急的想要開車驅趕老牛，但牠依然不為所動。

後來，牛的主人找到了，惱羞成怒的主人揚起長鞭狠狠的抽打在瘦骨嶙峋的牛背上，牛被打得皮開肉綻、哀哀叫喚，但就是不肯讓開。鮮血流了出來，染紅了鞭子，老牛的淒厲哞叫和著沙漠中陰冷的厲風，顯得格外悲壯。一旁的運水戰士哭了，怒罵的司機也哭了。最後，運水的戰士說：「就讓我違反一次規定吧，我願意接受一次處分。」他從車上取出半盆水——正好三公升左右，放在牛面前。

出人意料的是，老牛沒有喝下以死抗爭得來的水，而是回轉頭，對著夕陽，仰天長哞，似乎在呼喚著什麼。這時不遠的沙堆背後跑來一頭小牛，受傷的老牛安詳的看著小牛貪婪的喝完水，伸出舌頭舔舔小牛的眼睛，小牛也舔舔老牛的眼睛。靜默中，人們看到了「母子」眼中的淚水。沒等主人吆喝，在一片寂靜無語中，它們慢慢往回走去。

一頭憨厚、忠實的老牛倔強的攔路索水，最後，牠竟把自己被打得皮開肉綻作為代價換來水留給小牛喝。這樣的「母愛」還有什麼可以挑剔的呢？作為兒女，我們常常是享受著父母為我們所創造的一切，索取得那樣的理所當然，接受

得那麼心安理得。讀完這則小故事，讓人感慨良久。是啊，愛孩子，為了孩子，無論是動物還是人類，每一位母親都是那樣的義無反顧！然而，在這個父母之愛與子女之愛的天平上，永遠是不平衡的。畢竟，我們對父母付出的實在太少了，但父母對我們仍是滿懷期待。

老狼碑

老狼是一隻聰明的母狼，在臥牛山上與獵人們周旋了十餘年，仍然毫髮無傷。獵人使出所有絕招，跟蹤、圍堵、設陷阱、下藥餌、打伏擊、放獵犬，然而這一切卻都奈何不了老狼。

獵人們十分火大，認為面子丟大了，堂堂獵手竟然對付不了一隻老狼。難道這隻老狼與別的狼不一樣？獵人們發誓，一定要活捉這隻老狼。

一天，獵人偶然捉到了一隻狼崽子，有人認定這是老狼的崽子，大家心中暗喜，決定用這隻狼崽引老狼上鉤。有人認為，這個辦法未必有效，因為老狼十分狡猾，牠面對很多圈套都沒有上當，用狼崽引它上鉤，牠肯定能識破。不過，在沒有其他好辦法的情況下，大家還是決定試一下。於是獵人們把狼崽放在一個鐵籠子中，把籠子放在一處顯眼的地方，獵人在不遠處躲起來，然後靜靜的觀察動靜。

狼崽在籠子中不停的叫喚，並使勁用爪子抓鐵絲，試圖逃走，但一點用也沒有。

夜深了，老狼出現了。獵人們一陣驚喜，端起手中的槍。但老狼站在很遠處，好像是在觀察著鐵籠中的狼崽，並不靠近鐵籠子。看來，老狼已經識破了獵人設下的圈套，牠在尋找救出狼崽的辦法。籠中的狼崽看見了遠處的老狼，便向老狼大聲的叫著，向老狼求救。老狼終於按捺不住了，牠不顧一切的衝向籠子，用牠鋒利的爪子拼命地撕扯鐵籠子，鐵籠子終於被撕開一個洞口，狼崽飛身逃了出去。老狼轉身想逃，突然被獵人設下的鐵夾子夾住了後腿。牠大聲叫著，拼命掙扎，只聽「嚎」一聲，老狼的腿斷了，牠用力一掙，把斷腿從鐵夾子中拉了出來，牠成為一條瘸腿狼。有人喊了一聲：「別開槍，活捉牠。」

於是獵人們緊緊追趕跑得不快的老狼，只見老狼往一處斷崖方向奔去，獵人們心想，斷崖方向是死路一條，這老狼真是糊塗了，看來活捉老狼是不成問題了。

老狼跑到斷崖邊上站住了。獵人們圍成一扇形正步步緊逼。老狼忽然轉過身，面向獵人們，雙方間越來越近，火藥味越來越濃。忽然有人說：你們看，老狼是個瞎子。大家仔細一看，都嚇壞了。只見老狼兩眼深陷，眼珠佈滿白色的東西。天哪！獵人們欷歔不已。有人說我們千方百計追殺的老狼原來是這般……人們正竊竊私語，忽然發現老狼猛然轉身，縱身跳下懸崖。看來它早就做好了這樣的準備，以這樣的方式選擇自殺。獵人們全都愣住了。

後來，獵人們就在老狼跳下去的山崖旁立了一塊石碑，刻上「老狼碑」三個大字。獵人們常向後輩們講起這隻聰明、無私、仁義、寧死不屈的老狼的故事。再後來，這個地方再也無人獵狼了。

為友人立碑，是為了真情紀念；為古蹟立碑，是為銘記歷史；為老狼立碑，卻是為了一份含淚帶血、震撼人心的生命之愛。一切生命都是珍貴的、美麗的，何況老狼還是一個瞎子，牠的勇敢令人類震驚。當我們一次次驚駭於動物的勇敢、無私、真情奉獻之時，是否該自省人類對弱小生命的忽視呢？

種熟花生

「小燕子，這麼晚了，不睡覺出來幹什麼呀？」老王俯身輕輕問她。

「叔叔，我想種花生。」小燕子說。

「種花生？」老王非常驚訝的看著她。

「對，種花生，我聽人家說，如果一個人生了病，可以拿些花生種子種下，種子發了芽，這個人的病就好了。現在，我也想種花生。」小燕子說完，向老王揚了揚手中的花生。

老王心酸地說：「你手裡拿的分明是些鹹脆花生，是永遠不會發芽的，況且你媽媽得的是癌症啊？」

小燕子笑著說：「等我種下的花生發了芽，我媽媽的病就好了。」

老王替小燕子找來一把鏟子，在花園邊選了一塊空地，舉鏟就想幫她挖坑。

她卻反對：「叔叔，那會不靈的，我是媽媽的女兒，得我自己挖。」

看著她那認真的樣子，老王的淚水忍不住流了下來。

小燕子沒有發覺老王的眼淚，她開心的對老王說：「叔叔，明天就來澆水好嗎？」

老王強忍著淚水點點頭，看著這位可愛的小女孩蹦蹦跳跳回到了病房。

可是，她的媽媽，第二天就去世了。小燕子傷心無助的大哭。老王緊抱住她，她卻掙開老王的懷抱，跑過去搖著媽媽的遺體哭喊：「媽媽您不要死！您不要死！小燕子種的花生就要發芽了呀！」

所有的人都流下了淚水，老王在心裡呼喊：「花生啊，你為什麼不發芽？你為什麼不實現一個孩子聖潔的心願呢？」

這是一名醫生的經歷，沒有沙場上的激烈，只有戲劇式的幽默，簡單的對白，純潔的語言，它所謳歌的是人最寶貴的生命，以及這其中人與人之間最美麗的東西——真情。一顆幼稚心靈未實現的夢，一般人看來很傻的行為，但到了孩子眼裡卻是無比的純淨，這不正像是給我們成年人上了一節生動的人生之課嗎？

一團頭髮

洗臉盆右邊胡亂放著一小團濕頭髮。「犯人」很好抓，肯定是女兒做的，因為她剛洗了頭。討厭的孩子，自己洗完了頭，卻把掉下來的頭髮放在這裡不管，什麼意思？難道要靠媽媽一輩子嗎？王媽媽愈想愈生氣，非要教訓女兒一頓不可！

抓著那團頭髮，這下子可是人贓俱獲，看女兒有什麼可狡賴的！王媽媽朝女兒的房間走去。

忽然，王媽媽停下了腳步。

女兒的頭髮在王媽媽的手指間顯得那麼的輕柔細軟，她輕輕的搓了搓，想到：「這分明只是一個小女孩的頭髮啊！對於一個乖巧得肯自己洗頭髮的小女孩，你還能苛求她什麼呢？而且，她柔軟的頭髮或者是遺傳自己的吧？」許多次，洗頭髮的小姐對王媽媽說：

「您的頭髮好軟啊！」

「噢，謝謝！」

「頭髮軟的人性情好。」

王媽媽笑了：「作為一個家庭主婦，不會有太好的性情吧？而我現在正握著女兒細細柔柔的頭髮。」

童年誰不曾犯有這樣的錯誤？往往會招來母親的責罵。也許是母親繼承了姥姥那嚴厲的性格，所以童年時期印象最深的竟是母親的嚴厲。自己也曾多次暗暗發誓：「一定要給自己的孩子笑臉與寬容，讓他（她）的童年，讓他（她）幼小的心靈感受到陽光般的母愛。我不想讓自己的孩子心靈中有一片黑暗的陰雲。」這一切需要的是寬容。多些寬容，孩子會有美好的童年；多些寬容，人生會多些美好的記憶；多些寬容，生活會多些歡笑和美好；多些寬容，你就等於善待你自己。

乳母頻回首

漢武帝的乳母有一次在宮外犯了罪，武帝準備依法處置她。乳母就求助於謀士東方朔，東方朔對她說：「這件事是不能靠說理爭辯所能解決的，你如果想獲得解救，就在將你被押走時，只要頻頻回頭來看著皇上就可以了，千萬不要說話。這也許還有一線希望。」乳母被帶到了皇上面前，東方朔也在漢武帝旁邊侍坐，於是東方朔就對乳母說：「你這個老太婆多麼傻，皇上現在已經長大成人了，哪裡還會靠你的乳汁養活呢？」武帝聽了，看著要被押出去的乳母頻頻回首，心裡不免淒然，於是赦免了乳母的罪過。

人畢竟是活在情感之中，尤其是小時候對自己最親近的人特別有感情，而最深摯的感情是不需要言傳的。東方朔就是利用了漢武帝對乳母特殊的感情，達到了解救漢武帝乳母的目的。

珍藏的舊車票

大學畢業，他被分配到離家鄉一百公里以外的城市。父親早逝，身為長子，每個月他都風雨無阻的回老家看望母親。

返鄉的車票是用質地較厚的彩色膠紙印刷的，每次，母親都對他說：「孩子，你的車票很好看的，送給我吧！」他笑一笑，就把車票送給母親。晚上他就睡在母親的土炕上。後來，母親就開始隨便的翻他的衣袋，只留下那張車票。

後來，一切都像是安排好了的人生一樣，他戀愛、結婚、生子，開始每兩個月回一次家。

再後來，他擔任單位主管，更忙了，有時甚至半年才回一次家。尤其是他有了專車，沒必要再搭長途巴士，他開始適應不了長途車的顛簸。母親慢慢的也就不再向他索要車票了。

十年過去了，他已是著有成就的一位市長。有一天晚上家裡電話響了，老家

的弟弟來了長途電話，說母親突然腦溢血，生命垂危。

一百公里對他來說是短途，一個多小時以後，他便見到了母親。這時，他突然發現母親已是白髮蒼顏，衰老憔悴。見了一面，天亮時母親就去世了。

他帶領兄弟姐妹們，披麻戴孝，安葬了母親。

整頓母親的遺物時，他從那箱祖傳的樟木箱子裡翻出了一本中學課本，那是昔日母親用來塞鞋樣的。他翻開來一看，書內竟整齊的夾著兩疊車票，這都是當年每次返鄉時母親向他要的車票。

他的淚水又一次湧了出來，他後悔，為什麼母親健在的時候不多回幾次家？到現在卻突然想起，這麼多年來，母親還從未到過他的家裡住過一夜。

回程時，他只帶走了那一疊花花綠綠的舊車票。

他常常把車票的故事講給父母健在的朋友們聽，極力使他們意識到父母對子女有一種深深的牽掛。他說：「多回家看望幾次父母吧！哪怕只停留片刻，否則，你將會有深深懊悔的那一刻。」

生活在現代社會的我們，被濃重的商業化氣息包圍，就像是被捆綁在一台高速運轉的機器上。我們需要去感受他人內心的情感世界，更需要去品味自己的情感世界。

人世間最難割捨的是親情之中的母子情。不知不覺中我們是否疏遠了那份情感？母親的牽掛是那樣的自然、無私和默然，如夜晚天空中的明月，靜靜的照耀在兒女們的心田。

當我們品味了那「一疊花花綠綠的舊車票」背後的牽掛，體悟了他省悟後的「深深懊悔」之後，我們為什麼不儘快去解除母親深深的牽掛呢？

大愛無言

有這樣兩個有關母親的故事。

一個發生在一位遊子和母親之間。遊子探親期滿離開故鄉，母親送他去車站。在車站，兒子旅行袋的拎帶突然被擠斷了，眼看發車的時間就要到了，母親急忙從身上解下褲腰帶，把兒子的旅行袋紮好。解褲腰帶時，由於母親心急又用力，把臉都漲紅了。兒子問母親：「您怎麼回家呢？」母親說：「不要緊，慢慢走」。

多少年來，兒子一直把母親這條褲腰帶珍藏在身邊。多少年來，兒子一直都在想：「沒有褲腰帶母親是怎樣走回家的，那可是好幾里的路程啊！」

另一個故事則發生在一個犯人和母親之間。探監的日子，一位來自貧困山區的母親，經過乘坐汽車和火車的輾轉，來探望服刑的兒子。在探監人五光十色的物品中，這位母親只給兒子帶來了用白布包著的葵花子。葵花子已經炒熟，母親全嗑好了，沒有皮，白花花的像密密麻麻的麻雀舌頭。

服刑的兒子接過這包嗑好的葵花子，手開始顫抖。母親低頭無語，撩起衣襟擦著淚水。她千里迢迢來探望兒子，賣掉了雞蛋和小豬崽，還要節省許多開支才能湊足路費。來前，她白天勞碌，晚上就在煤油燈下嗑瓜子。嗑好的瓜子放在一起，看它們一點點增多像小山一樣，自己一粒都沒捨得吃。十多斤瓜子嗑亮了許多個夜晚。

服刑的兒子垂著頭。自己是個身強力壯的年輕人，正是奉養母親的時候，他卻不能。在所有探監人當中，他母親衣著是最襤褸的。母親嗑的一顆一顆瓜子裡頭，包含著她對兒子的千言萬語啊！兒子「撲通」一聲給母親跪下，懺悔的淚水如注。

一次，結婚不久的同齡朋友對我抱怨起母親，說她沒知識、思想古板，說她什麼也不會做，還愛嘮叨。於是，我就把這兩個故事講給他聽。聽罷，他淚眼蒙矓，半晌無語。

母愛如一股涓涓細流，雖無聲，卻能夠滋潤乾涸的心靈；雖平凡，卻在平凡中孕育著一份驚人的偉大！有時母愛是一劑特效藥，可以拯救那病入膏肓行將就木的靈魂；有時母愛又是人生海洋中的燈塔，引導我們迷途知返，追隨光明。「誰言寸草心，報得三春暉」，這份沉甸甸的母愛，有誰能夠掂出它的分量，有誰能夠真正償還呢？大愛無言，母愛無限啊……

生命的養料

一個小男孩認為自己是世界上最不幸的孩子，因為患脊髓灰質炎而留下了瘸腿和參差不齊且突出的牙齒。他很少和同學們高興的遊戲和玩耍，有時心情會糟糕到極點，老師叫他回答問題時，他也始終低著頭一言不發。

在一個平常的春天，小男孩的父親跟鄰居家要了些樹苗，他想把它們栽在房前。他叫他的孩子們每人栽一棵。父親對孩子們說：「誰栽的樹苗長得最好，就給誰買一件最喜歡的禮物。」小男孩也想得到父親的禮物，但看到兄妹那蹦蹦跳跳提水澆樹的身影，不知怎麼地，萌生出一種陰冷的想法：希望自己栽的那棵樹早日死去。因此他不搭理它，甚至連一次水都沒澆過。幾天後，小男孩再去看他種的那棵樹時，驚訝的發現它不僅沒有枯萎，而且還長出了幾片新葉子，與兄妹們種的樹相比，顯得更加嫩綠，更富有生氣。父親兌現了他的諾言，為小男孩買了一件他最喜愛的禮物，並對他說，從他栽樹來看，他長大後一定能成為一個出

色的植物學家。

從那以後，小孩男慢慢的變得樂觀向上起來。

一天晚上，小男孩躺在床上睡不著，看著窗外那明亮皎潔的月光，忽然想起生物老師曾說過的話：「植物一般都在晚上生長。」何不去看看自己種的那棵小樹？當他輕手輕腳來到院子裡時，卻看見父親用勺子在向自己栽種的那棵小樹下潑灑著什麼。頓時，一切都明白了，原來父親一直在偷偷的為自己栽種的那棵小樹施肥！他返回房間，任憑淚水肆意地奔流……

幾十年過去了，那瘸腿的小男孩沒有成為植物學家，但他卻成為了美國總統，他的名字叫富蘭克林・羅斯福。

愛是生命中最好的養料，哪怕只是一勺清水，它都能使生命之樹茁壯成長。也許那樹是那樣的平凡，不顯眼；也許那樹是如此的瘦小，甚至還有點枯萎，但只要有這養料的澆灌，它就能長得枝繁葉茂，甚至長成參天大樹。

小男孩自卑的心理和陰冷的想法，猶如正在枯萎的小樹苗。正是父親的良苦用心和涓涓的愛的心泉的滋潤，才使「小樹」得以重生，得以茁壯成長。接受別人的愛時，也要獻出自己的一份愛，不管它是多麼的微不足道。「送人玫瑰，手留餘香。」當我們為別人獻出愛心時，我們就會明白，自己是多麼的重要，是多麼的「命有所值」。

一碗牛肉麵

讀大學的那幾年，我課餘一直在姨媽的餐館裡打工。不為生計，只是為了磨煉一下自己。

那是一個春寒料峭的黃昏，飯店裡來了一對特別的父子。說他們特別，是因為那個父親是個盲人。他的臉上密佈著重重皺紋，一雙灰白無神的眼睛茫然的直視著前方。他由一個男孩小心的挽扶著走到店裡來。男孩衣著樸素的近似寒酸，二十來歲卻有著一份沉靜的書生氣，想必是個正在求學的學生。

「爸，您先坐著，我去點餐。」說著，他放下手中的東西，來到了我的面前。

「兩碗牛肉麵。」他大聲的說。我正要低頭填寫點餐表，他又面帶窘迫的朝我用力擺了擺手。我詫異地抬起頭，他充滿歉意的朝我笑了笑，然後用手指著我身後的價目表，用手勢告訴我，要一碗牛肉麵，一碗陽春麵。我先是一愣，接著便恍然大悟，明白了他的用意，他叫兩碗牛肉麵是給他父親聽的。我會意的對他一笑，勾選好他點的麵食。他的臉上頓時露出感激的神色。

廚房很快就端來了兩碗熱氣騰騰的麵。男孩小心的把那碗牛肉麵挪到他父親的面前，細心的招呼著：「爸，麵來了，您小心燙。」自己則端過了那碗陽春麵。

那老人卻並不急著吃麵，只是摸索的用筷子在碗裡探來探去。接著夾住了一塊牛肉就忙不迭的用手去摸兒子的碗，把肉往兒子碗裡夾。

「吃，你多吃點。」老人一雙眼睛雖然無神，臉上的皺紋間卻滿是溫和的笑意。在一旁的我也不由自主的被這張笑臉吸引住了視線。

讓我感到奇怪的是，那個男孩並不阻止父親的行為，而是默不作聲的接受了父親夾來的肉片，然後再悄無聲息的把肉片夾回到父親的碗中。

「這個餐館真厚道，麵條裡有這麼多肉。」老人心滿意足的感歎著。

一旁的我聽得幾乎汗顏，餐館一貫唯利是圖，其實充其量只不過幾片薄如蟬翼的牛肉。

那個男孩這時趁機接話：「爸，您也快吃吧，我的碗裡都裝不下了。」「好、好，你也快吃。」老人終於低下了頭，夾起了一片牛肉，放進嘴裡慢慢咀嚼起來。男孩微微一笑，這才大口吃著他那碗只有零星肉屑的陽春麵。

姨媽不知什麼時候也站到了我的身邊，靜靜的望著這對父子。

這時廚房的小張端來了一盤乾切牛肉，他用疑惑的眼神看著姨媽，姨媽努嘴示意，讓小張把盤子放在那對父子的桌上。

那個男孩抬頭環視了一下，見自己這一桌並無其他顧客，輕聲提醒：「你放錯了吧？我們沒有叫牛肉。」

姨媽走了過去：「沒錯，今天是我們開業週年慶，牛肉是我們贈送的。」

我一聽這話，心虛的左顧右盼，怕引起其他顧客的不滿，更怕男孩疑心。幸好大家似乎都沒注意到這一幕，而男孩也只是笑了笑，不再發出疑問。他又夾了幾片牛肉放進父親的碗中，然後把剩下的都放入一個裝著饅頭的塑膠袋中。

這時進來了一群附近工地的建築工人，小店頓時熱鬧了起來。等我們忙著招呼完那批客人，才發現男孩和他的父親已經吃完麵走了。

小張去那張桌子收拾碗筷時，忽然輕聲的叫了起來。原來那個男孩的碗下，還放著一些銅板，一共是三十塊錢，正好是我們價目表上一盤乾切牛肉的價錢。一時間，所有的人都說不出話來，只有無聲的贊許靜靜回蕩在每個人的心間。

很多年過去了，但那對父子相濡以沫的一幕，始終感動著我。每當回想於此，不知他們如今可好。想必那樣的兒子定能為父親營造出一片溫馨和舒適。

一碗牛肉麵裡的肉片在父子之間夾來夾去，父親的愛感染給兒子，兒子的愛也感染給了父親，而這對父子的愛又感染給了目睹他們吃那碗牛肉麵這一幕的人，這是多麼感人的場面啊！

讀了這篇故事，知道了人與人之間的愛是可以傳染的，而且這種感染力相當強，可以讓愛的火花永生不滅！人生畢竟短短幾十個春秋，何不放下虛偽，讓自己來做個愛的源頭，到時愛的芬芳必將溢滿人間。

一件新衣

九歲時，我上小學三年級，我的姐姐當時正讀國中，她是個很美的女孩，親友們因此很寵愛她。春節前，從廣州出差回來的姑姑送給她一件樣式別緻粉紅色的上衣作為新年禮物。

在我充滿羨慕甚至嫉妒的目光中，姐姐小心翼翼的把衣服放入衣櫃裡，急切的盼望著新年的到來。

可是就在臘月二十九那天，大堂哥的女朋友第一次上門做客，倉促之下伯父伯母沒有準備好給她的禮物。正在他們手足無措之際，父親毫不猶豫的把姐姐的新衣服送了過去，於是促成了一樁美滿婚事。

晚上，伯父來到我家，連連稱謝並送來了買衣服的錢，父親執意不收。送走了伯父，他把正幸災樂禍挖苦姐姐的我給喝住了，然後安慰姐姐並答應新年的那一天，一定讓她穿上新衣服，姐姐不理睬父親，躲在母親懷裡委屈的哭個不停。

那時候爸爸媽媽兩個人一個月的工資不到一萬元，家中的經濟一點兒也不寬裕，而且在我們居住的偏僻山區裡根本買不到那樣漂亮的衣服。所以姐姐認為重新擁有那片粉紅色只不過是奢望罷了。

第二天就是大年三十，父親一大早就拿著家裡僅有的三百元，去趕台北的長途汽車，他跑遍台北市內大大小小的商場，最後終於買到了和姑姑送的顏色樣式都一樣的上衣。

在黃昏的暮色中，風塵僕僕的父親趕回了家，當他把衣服放在姐姐手上時，她滿臉驚詫，沒有說一句話。

看著母親為父親清洗包紮擠車時受傷的手臂，我問：「爸，您為什麼一定要去買衣服？」父親輕輕撫摸著我的頭，淡淡的說了一句：「讓姐姐過個愉快的新年呀！」

淚水漸漸遮住了我的視線，一種深厚無比的愛意沿著父親的手指抵達我幼小心靈的最深處。

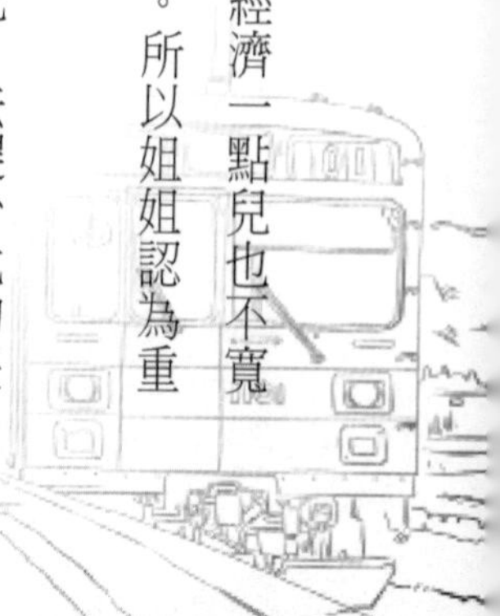

母親因其細膩、柔婉，總能讓我們時刻感知；父親因其深沉、含蓄，常讓我們難以察覺。其實，父愛的表達有很多種方式，信守諾言便是其中之一。

生活中一件並不起眼的小事：父親克服重重困難實現了自己的諾言——讓女兒在新年那一天穿上了新衣服，這正是異於平常的父愛的偉大之處。

忘了自己

她是一位農村婦女，普通得像塵埃一樣。她有一個女兒，她對女兒非常好，就像天下所有母親那樣。但女兒會蹣跚走路的時候，卻走失了。她四處找尋卻毫無結果，她的女兒就像水蒸氣蒸發了一樣。

但她卻不死心，她一直認為她的女兒被人收養了。每年幼稚園開學的時候，她就站在幼稚園的大門口，打量著一個個孩子。所有人都認為她的精神有問題。她並不在乎這些，她在這座城市的每一所幼稚園都留下了足跡。

這樣的尋找持續了二十年。

二十年後，她家中的牆壁上還貼著一九七九年的年畫，因為這張畫是她和女兒一起貼上的。她還留著女兒的一把小雨傘，她說這把傘女兒只用了一次。她把傘打開，卻哭了，說：「這傘太小了，女兒用不著了。」

這二十年，她是為尋找女兒而活著的，所有的村裡人都為之動容。

她的事蹟終於引起媒體的關注，由媒體開頭，戶政、警察部門都為她查詢了一九七九年全國所有領養情況的原始記錄。

費盡多番周折，終於找到了她的女兒。在鄰縣的一個普通的農戶家中。

她終於可以圓夢了。但是，領養的人家托人帶信給她說，她的女兒現在生活得很好，她不知道自己的生母是誰，如果為她好，還是不要讓她知道這事最好。

二十年來，她朝思暮想就是為了看女兒一眼。現在，她退卻了，她害怕自己的出現打擾了女兒的生活。

許多人都笑她傻，說她軟弱。但是這種傻，這種軟弱令人心痛，讓人想痛痛快快流一次淚。

能承擔世界上的一切，卻最終忘了自己的人，往往只有母親。

「世間情，最深是母愛。」這是一句歷經滄海桑田後永遠不變的真理。

史鐵生的母親「情願截癱的是自己而不是兒子」，「只要兒子能活下來，哪怕自己去死也行」；另有一位母親為了兒子的生命，把自己的腎換給了孩子……

當往日的點點滴滴從生命中匆匆滑過時，回首往日的痕跡，你會發現彷徨無助時，痛苦憂愁時，總有母親在一旁默默支持著你，安慰著你。

請把我埋得淺一些

二戰時期，在一座納粹集中營裡，關押著很多猶太人，他們大多是婦女和兒童。他們遭受著納粹無情的折磨和殺害，死神逼近每一個人，人數在不斷減少。

有一個天真活潑的小女孩，和她的母親一起被關押在集中營裡。一天，她的母親和另一些婦女被納粹士兵帶走了，從此，再也沒有回到她的身邊。人們知道，她們肯定是被殺害了。因為每天都有人被殺害，死亡的陰影籠罩著每一個人，人們誰也不知道自己是否能活到第二天。但當小女孩問大人們她的媽媽哪裡去了，為什麼這麼久了還不回來時，大人們總是沉默的流著淚，後來實在不能不回答時，就對小女孩說，你的媽媽去尋找你的爸爸了，不久就會回來。小女孩相信了，她不再哭泣和詢問，而是唱起媽媽教給她的許多兒歌，一首接一首的唱著，像清風一樣在陰鬱的集中營裡吹拂。她還不時爬上囚室的小窗，向外張望著，希望看到媽媽從遠處走來。

小女孩沒有等到媽媽回來，就在一天清晨，納粹士兵用刺刀驅趕著，將她和數萬名猶太人逼上了刑場。刑場上早就挖好了很大的深坑，他們將一起被活活埋葬在這裡。人們沉默著，死亡是如此真實的迫近著每一條生命。面對死亡，人們在恐懼中發不出任何聲音。

人們一個接一個的被納粹士兵無情的推下深坑。當一個納粹士兵走到這個小女孩跟前，伸手要將她推進深坑中去的時候，小女孩睜大漂亮的眼睛對納粹士兵說：「叔叔，請你把我埋得淺一點好嗎？要不，等我媽媽回來找我的時候，就找不到了。」納粹士兵伸出的手僵在那裡，刑場上頓時響起一片抽泣聲，在這片抽泣聲後又是一陣憤怒的罵喊。

人們最後誰也沒能逃出納粹的魔掌。但小女孩純真無邪的話語卻刺痛了每個人的心，讓人們在死亡之前找回了人性的尊嚴和力量。

暴力真的能摧毀一切嗎？不，在天真無邪的愛和人性面前，暴力讓暴力者看到了自己的醜惡和渺小。劊子手們在這顆純潔的童心面前戰慄著，因為他們很清

楚自己會有怎樣的結果。

暴力可以摧毀人的軀體，卻消滅不了人的精神，消滅不了人性中熠熠閃光的部分。在純潔天真的善良面前，瘋狂殘忍的暴力會喪失它的殺傷力。暴力者，放下手中的屠刀吧！世界需要愛與和平。

不讓兒子出庭作證

女人與丈夫共苦多年，一朝變富，丈夫卻不想與她同甘了。他提出離婚，並執意要兒子的監護權。

為了奪回兒子的監護權，女人決定打官司。她抛出自己的底線：只要兒子判給自己，其他什麼都可以不要。

開庭那天，男方說女人身體差，不宜帶兒子，並拿出她以前的住院病歷當物證。女人出示前幾天由某大醫院開具的體檢結果，駁倒了男方。他又說女人欠巨額外債，沒有經濟能力撫養兒子。女人馬上出示男方惡意轉移財產、轉嫁債務於自己的商務調查函，又一次越過了他的陷阱。

激烈的唇槍舌劍、拉鋸式的辯論，女人一直占上風。男方見勢不妙，使出殺手鐧……女人經常打罵兒子，對兒子造成巨大傷害。兒子不願和她生活，只想跟他在一起。

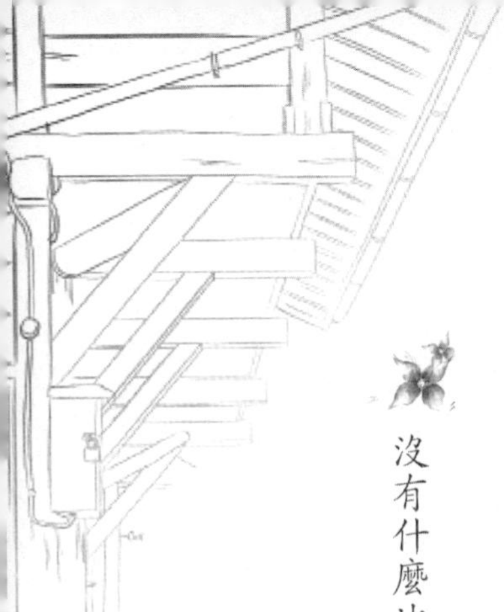

審判長傳他們的獨生子到庭作證，法警走向證人室，準備請那小孩出庭時，女人的臉由紅變白，又由白變紫。忽然，她「霍」地站起來，大聲宣佈：「審判長、審判員，我——撤訴！」

女人掩面而泣，跑出了法庭。

事後，有朋友問女人：「你真的虐待兒子嗎？」女人無奈的搖搖頭：「我愛我的兒子還來不及，怎麼可能虐待他？」

朋友納悶了：「那你為什麼要放棄？」

女人說：「我兒子膽小，一旦出庭作證，勢必會給他留下陰影。我怎麼忍心……」她以淚代語。

沒有什麼比親情更珍貴的，無法用金錢來衡量的只有親情。

再說一遍

幼稚園門口。早上送孩子進園的家長很多，大人小孩，熙熙攘攘，你來我往，熱鬧非凡。

一位年輕的母親把兒子從摩托車上抱下來，幫他整理了一下稍有些皺的衣服，然後對他說：「吃飯前一定要洗手啊！」她知道兒子貪玩，手上會亂抓東西，很容易髒。兒子聽了，點點頭，轉身進了大門。那位母親站在門外，又叫道：「吃飯前一定要洗手啊！」兒子卻頭也沒回，再看已經不見了。

姓李的男士，結婚不久。有一次和朋友在一起吃飯，還沒有開始，他妻子的電話就到了。也沒有什麼要緊的事，妻子在電話裡要他少喝點酒，因為他有脂肪肝。他說知道了。

幾位都是平時難得一聚的朋友，酒瓶一開，大家高興，喝開了。

不一會兒，他的手機又響了，還是他妻子打來的，仍然是那句話，要他少喝

點酒，她知道，幾個朋友聚在一起少不了要鬧酒，她不放心。這位姓李的男士關了手機，有些不好意思，說：「我老婆，什麼都好，就是囉唆，一句話翻來倒去的說。也不知怎麼回事，婚前她也沒有這種囉唆的習慣。」

其中一位朋友想起中學時教歷史的一位老師，他有一句口頭禪，叫「再說一遍」。「我再說一遍，這個地方你們一定要注意。」「我再說一遍，這個問題應該這樣看。」「我再說一遍……」聽得多了，便覺得有些煩。這位朋友說：「記得那年考高中的時候，歷史試卷上遇到了好幾處都是那位老師『再說一遍』時強調的東西，我一邊答卷，一邊暗暗慶倖。」

「再說一遍。」這就是愛和呵護。是那一份愛心讓語言變得瑣碎而纏綿，只有再說一遍，心中的那份愛才會感到妥貼，才能安穩，倘若說少了，便會覺得欠缺了什麼，便不放心。有些話其實說多了也並不是囉唆，只是在重複著他的問候而已。

生命時鐘

朋友的父親病危，朋友從外地給我打來電話，讓我幫他。

我明白他的意思，他讓我幫忙只是想給自己一個安慰，即使他以最快的速度飛回來，也要四個小時，四個小時後，他的父親也許就不在人世了。

趕到醫院時，見到朋友的父親渾身插滿管子，正急促的呼吸著。床前，圍滿了悲傷的親人，那時朋友的父親狂躁不安，雙眼緊閉著，雙手胡亂的抓。我聽到他含糊不清的叫著朋友的名字。

每個人都在看我，目光中充滿著無奈的期待。我走過去，輕輕抓起他的手，我說：「是我，我回來了。」

朋友的父親立刻安靜下來，面部表情也變得安詳。但僅僅過了一會兒，他又一次變得狂躁不安，他鬆開我的手，繼續胡亂的抓著。

我知道，我騙不了他。沒有人比他更瞭解自己的兒子。

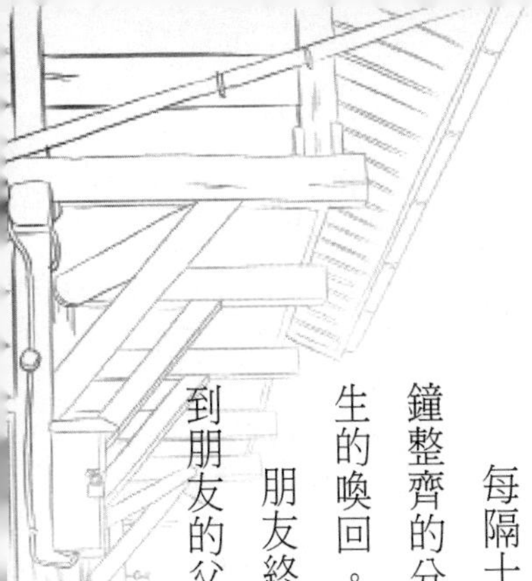

於是我告訴他，他的兒子現在還在外地，但四個小時後，肯定可以趕回來。我對朋友的父親說：「我保證。」

朋友的父親又一次安靜下來，然後他的頭，努力向一個方向歪著，一隻手急切的舉起。

我注意到，那個方向的牆上，掛了一個時鐘。

我對朋友的父親說：「現在是一點十分。五點十分時，您的兒子將會趕來。」

朋友的父親放下了手，我看到他長舒了一口氣，儘管他雙眼緊閉，但我仿佛可以感覺到他期待的目光。

每隔十分鐘，我就會抓著他的手，跟他報一下時間，四個小時被每一個十分鐘整齊的分割。有時我握他手時明明感覺他已經離去，但卻被一個個十分鐘活生生的喚回。

朋友終於趕到了醫院，他抓著父親的手，他說：「是我，我回來了。」我看到朋友的父親從緊閉的雙眼裡流出兩滴滿足的眼淚，然後，靜靜的離去。

朋友的父親，為了等待他的兒子，為了聽聽他的兒子的聲音，挺過了他生命中最後的也是最漫長的四個小時。看到了這一幕的每一個人都說，不可思議。

假如他的兒子在五小時後才能趕回，那麼，他能否繼續再熬過一個小時？我想，會的。生命的最後一刻，親情讓他不忍離去。

悠悠親情，每一個垂危親人的生命時鐘，在許多時候，我們應該用心靈去感悟親情。

愛的確偉大，它可以拯救一個人的生命。它把死神驅走，留下美好的瞬間。

獻給員警的詩

芝加哥市員警傑伊・布隆基拉在逮捕毒販時中槍殉職。事後不久，他的同行、服務警界已二十年的肯恩・納普席克下班回家時，發現自己十五歲的女兒在餐桌上留了一張紙條。

爸爸：這首詩是我的肺腑之言。我很愛您，因此，每天您為了養育我們而出去冒各種危險時，我都提心吊膽。我寫這首詩，是要表達我對您的深愛，並且讓您知道，如果沒有您，我會多麼失落。——蘿拉

蘿拉那首詩題為「最好的員警」，是獻給「世界上所有值得女兒全心去愛的員警，特別是我爸爸」的，內容講一個員警的女兒看電視夜間新聞，看到她父親遭受槍擊。詩裡面有幾句說：「爸爸，我的爸爸，你聽得到我哭嗎？啊，老天爺，我需要我爸爸，請別讓他死！」

納普席克獨自站在那裡讀詩。「我花了幾分鐘才讀完，」他說，「我總是讀

幾句便停下來，我努力控制我的情緒，然後繼續讀下去，但我還是忍不住，一面哭泣，一面讀完了它。她以前從未告訴我她害怕。」

第二天，他把詩帶回警察局給同事們看。「我一輩子都沒有見過那麼多男人落淚，有些人甚至無法把詩讀完。」

納普席克一直把女兒的詩放在制服的口袋裡，每天離家去上班時，都把它帶在身上。

「我不想值勤時身上沒帶著它，」他說，「我大概永遠都會帶著它。」

為了大多數人的利益與安全，總有一些孩子的父親、母親的兒子在從事一些較為危險的行業。我們在警匪片、戰爭片中見過許多流血場面，可否想到過那血泊中的每一個人對他們的親人意味著什麼？他們為我們贏得了安全，卻使他們的親人日日牽掛，時時擔心。

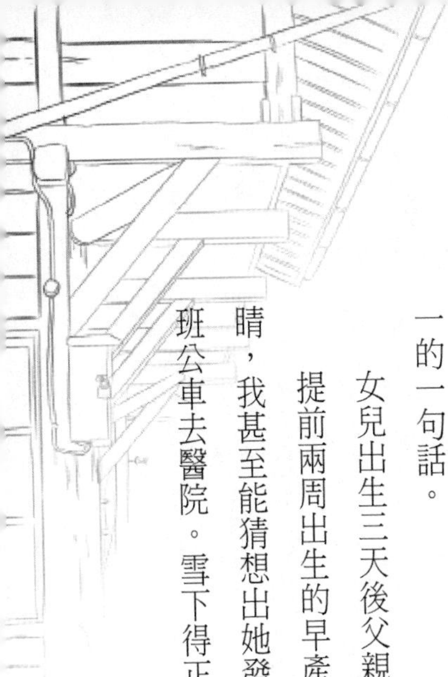

早產的女嬰

在這一刻出生顯得意義非凡。很多雙眼睛注視著分娩室的門，相識或不相識的面孔神情肅穆。一刻鐘，又一刻鐘，當嬰兒響亮的哭聲傳來，很多人流下了激動的眼淚。原來嬰兒的父親身患癌症，命在旦夕，為了能讓他活著時抱一抱親生孩子，嬰兒的母親決定讓孩子提前兩周出生。

那個不幸而又幸運的父親終於在生命盡頭擁抱了自己的女兒：「你真美麗，我是你爸爸，不要忘記我。」這是他生命中唯一一次擁抱女兒，也是留給女兒唯一的一句話。

女兒出生三天後父親去世了。

提前兩周出生的早產兒，是否健康？會不會因為不足月而孱弱多病？閉上眼睛，我甚至能猜想出她發燒的樣子。寒冷的冬夜裡，她的母親緊緊抱著她，趕末班公車去醫院。雪下得正緊，北風像刀一樣割著臉頰。僵硬的手指抹過去，不知是雪水還是淚水。

剛出生便面對父親的去世，一切苦難可能接踵而至。

但當她懂事的那一天，我肯定她沒有怨言。她提前前兩周的誕生，跨越了生死門檻，被父親緊緊擁抱。她享受到了深沉的父愛，她是個被父親抱過、祝福過、叮嚀過的女孩，儘管一生僅有一次。父愛將永遠在她心中，她永遠無憾。

不得不提到那位勇敢的母親，她教會我們懂得了，有些愛，寧可稀少，不可缺少，那是我們情感的源頭。

物以稀為貴，難道愛也如此嗎？當父母每天面對孩子，孩子每天面對父母時，有幾個人能清楚的知道自己生活在「愛」中？珍惜我們所擁有的，在我們這裡有的，別人可能認為是很難實現的理想。

空白錄音帶

大學時代同寢室有一個很奇怪的同學，從沒看見他給家裡打過電話。問他，他說家裡沒有裝電話，寫信就行。我們有些納悶：他家住大城市，生活條件並不差，怎麼可能沒裝電話呢？

那次暑假回來後，他每天晚上都躲在被窩裡聽一卷從家帶來的錄音帶，有幾次還哭出聲來。我們提出借他的錄音帶聽一聽，他說什麼也不肯。有一天趁他不在，我們從他枕頭下翻出了那捲錄音帶，放在錄音機裡聽，好久也沒聽到聲音。我們很是納悶：他每天晚上聽這捲空白錄音帶幹什麼呢？

快畢業時，他才告訴我們原因。原來他的父母都是聾啞人，為了生活，他們吃盡了苦也受盡了別人的冷落漠視。為了能讓他好好上學讀書，父母的心都放在他身上，為他提供最好的生活所需，從不讓他受一點委屈。後來日子寬裕了，他要離開父母去外地上大學。他說：「我時常想念家中的爸爸媽媽，是他們用無言的愛塑造了我的今天。那次暑假回家，我錄下了他們呼吸的聲音，每天晚上聽著，感覺父母好像在身邊一樣。」

我們的心靈被深深震撼了。親情是世界上最溫暖的陽光。無論我們走出多遠翅膀飛得多高，父母的目光都在我們的背後，我們永遠是他們心中最最牽掛的孩子。大愛無言，而那份無言的愛，就是人世間最美的聲音。

我為這對聾啞人的兒子感到欣慰，因為他擁有了世界上最博大無私的父母之愛。我更為這對聾啞夫婦而欣慰，因為他們真正擁有了一個能理解、體諒他們，讓他們引以為豪的兒子。「可憐天下父母心」這句話中包含了多少的感慨啊！又有多少兒女能夠體諒父母的良苦用心呢？「誰言寸草心，報得三春暉」這句話又一次縈繞於我的心頭……

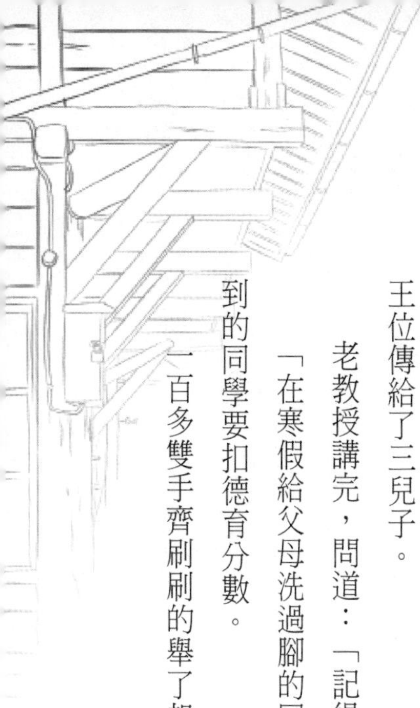

愛的位置

那是我大學時代的一件事。

那天下午，老教授給我們講了一個故事：有個國王有三個兒子，他很疼愛他們，但不知傳位給誰。最後他讓三個兒子回答如何表達對父親的愛。大兒子說：「我要把父親的功德製成帽子，讓全國的百姓天天把您供在頭上。」二兒子說：「我要把父親的功德製成鞋子，讓普天下的百姓都知道是您在支撐著他們。」三兒子說：「我只想把您當作一位平凡的父親，永遠放在我的心裡。」最後國王把王位傳給了三兒子。

老教授講完，問道：「記得父母生日的同學請舉手。」舉手者寥寥無幾。

「在寒假給父母洗過腳的同學請舉手。」這是他放假前要求的作業，沒有做到的同學要扣德育分數。

一百多雙手齊刷刷的舉了起來，只有坐在最後的一位同學沒舉手。老教授問是何故，該同學啞口無言。

「你是不是把我的話當耳邊風了？」

「我很想給父母洗一回腳，可是……」

「可是什麼，不要給自己找藉口。」老教授嚴厲的說。

「我的父母在一次車禍中失去了雙腿，我只能給他們洗頭……」

空氣在那一刻凝固了，教室裡靜得能聽到心跳聲。

記住，愛的位置不在嘴裡，不在頭上，亦不在腳下，而是在心中，在我們時刻關愛他人的細小行動中。

愛，不在形式，不重標榜，重要的是它來自何處，它來自於自然的流露。矜誇只是語言的快樂。可是，當綿綿愛意從你的眼中流出，無聲中，那目光已融化了寒冷的冬天。

陸績懷橘遺親

相傳後漢時期的陸績，是當時的天文學家。他自小受父親高風亮節的薰陶，深懂忠義孝道。

陸績聰明伶俐，酷愛讀書，博學多識，人稱「神童」，頗有名氣。六歲那年，他去九江拜見大名鼎鼎的袁術，一點也不怯場。

袁術提的問題，他侃侃而談，不卑不亢。袁術驚歎小陸績的才學，破例的給他賜座，還命人端來一盤橘子。那橘子圓圓的，大大的，皮色金黃，肉肥汁多，味道極美。陸績悄悄的往懷裡塞了兩個，在場的人誰也沒有注意到。

一席長談，袁術對小陸績的才華非常滿意。當他向袁術拜別時，懷中的橘子卻滾到了地上。袁術一開始嚇了一大跳，以為那是什麼「秘密武器」，待看清那不過是橘子時，不禁哈哈大笑：「陸績呀陸績，今天你是我的貴客，怎麼還偷橘子呢？」

陸績不慌不忙，跪地答道：「我母親愛吃橘子，您的橘子太好吃了，我想拿回家去給母親嘗鮮。」他振振有詞，神色自若，一點也不顯得難堪。因為在他心目中，母親是偉大而神聖的，兒子孝順母親，天經地義，沒有什麼見不得人的。袁術聽了陸績的回答，驚奇不已，意識到陸績將來肯定是個不同凡響的人物。後來，果真如此。

陸績之孝行史籍記載只有一件事，但足以反映其為人。正所謂：當年橘子入懷日，正是天真爛漫時，純孝成性忘小節，英雄從古類如斯。

郭巨埋兒奉母

相傳漢朝有一個人叫郭巨，非常貧窮。雖然這樣，但他仍然很孝順，誠心誠意地侍奉母親，妻子受他影響，對待婆婆也一片愛心，夫妻倆總是縮衣節食的讓母親吃飽穿暖。

他們有一個三歲的兒子，每次吃飯的時候，母親都偷偷的從自己的碗裡撥出一部分給這個小孫孫吃，小傢伙兩三口便將奶奶撥給自己的飯吃光了。

郭巨看著這令人心酸的一幕，對妻子說：「家裡太窮，本來就沒法供養好母親，可是兒子不懂事，還要分吃母親的食物，長此下去，母親怎麼支撐得住呢？我想，咱們將兒子埋掉，就沒人分吃母親的飯食了，這樣老人家興許能多活幾年。你我年輕，日後可以再生養，母親萬一有個三長兩短，如何是好？」妻子拗不過他，無奈之下忍痛答應。

郭巨抱著兒子往外走，心如刀割，為了孝敬母親，這是不得已而為之啊。

他找到一塊地，揮起鋤頭挖坑，要將兒子埋在此地。誰知，當他挖到三尺深的地方，忽然挖出一個陶罐，拿出一看，裡面裝滿了沉甸甸、亮閃閃的黃金，每一塊黃金上還鑄有字跡，寫的是：「天賜孝子郭巨，官不得取，民不可奪。」他大喜過望，沒想到自己的一片孝心竟然感動了上天。從此，他和妻子對母親更加孝順，並決心用虔誠的孝心和恭敬的孝行來回報上天的賜予。

郭巨為母埋兒至孝感天，而其孝行卻不合乎人情，帶有荒誕的色彩，但由於人們從良好的願望出發，孝子的孝行能夠得到有益的回報和完滿的結果，所以故事中出現了奇蹟，都是合乎情理的。用現代的觀點來看，他雖然將犯下殺人之罪，做出了不必要的犧牲，但其一片赤誠的孝心使然，其做法雖不可取，用心卻頗為良苦，讓人喟歎。

蔡順拾葚異器

東漢時期的蔡順，年幼時便失去了父親，母親含辛茹苦地把他拉拔成人。他對母親非常孝順，常說：「即使肝腦塗地，也報答不了母親的養育之恩。」當時，恰逢王莽起兵，烽火四起，天下生靈慘遭塗炭。又遇到災荒，地裡糧食歉收，人們都沒法吃飽肚子。總不能讓母親餓肚子吧？蔡順非常著急，早出晚歸到處找吃的。然而當時那種境地，談何容易？他只好去挖野菜、剝樹皮，煮熟搗爛了給母親吃。看著年邁的母親吞嚥得那麼艱難，他難過得心如刀絞。

一次，蔡順在一處偏僻的地方意外地發現了一棵桑樹，樹上結滿了桑葚。桑葚有紅有黑，蔡順嘗了嘗，發現紅的味道酸澀，黑的則甘甜無比。他喜出望外，拼命的採集，又用不同的器皿分別盛裝著。這時，一個赤眉軍正好路過，看到蔡順正忙碌著，便和顏悅色的問他採葚幹什麼，蔡順樂呵呵地說：「吃呀！那邊黑甜的給母親吃，這邊紅澀的給自己吃。」這個赤眉軍一聽，敬佩蔡順是個孝子，又憐憫他們的處境，當下慷慨解囊，送給他一條牛腿、兩斗白米。蔡順千恩萬謝，帶著採摘的桑葚和赤眉軍送的東西回家了。

古人蔡順為報答母親的養育之恩，對待母親的那份孝心、那份體貼讓人感動。在這個世界上，無論偉大的或是卑微的生命，都是由父母含辛茹苦撫養長大的，古往今來父母之愛的神聖與偉大用任何美好之詞形容都不過分。

湧泉躍鯉

相傳西漢時期的姜詩很孝敬母親，他的妻子龐氏勤勞篤厚，對待婆婆尤其恭敬孝順。姜母喜歡飲用沱江的水，龐氏便常常到江邊打水給婆婆喝，而沱江離他們家六七里遠，這樣龐氏每天都得往返十幾里路，但她風雨無阻從不間斷。

有一天狂風暴雨肆虐，天氣十分惡劣。龐氏仍如往常一樣前往沱江擔水。但風雨實在太大，瘦小的龐氏如何受得了？昏倒在江邊。好不容易才醒過來，又趕忙提起桶，重新打了江水往回趕。因為回家太晚，婆婆卻有點不通情理，責罵了她，但她毫無怨言，反而侍奉得更殷勤了。婆婆終於意識到自己的不是，從此一家人更加恩愛和睦。

婆婆還有一個愛好，她特別愛吃魚，並要人陪著，聲稱那樣吃才有味道。夫妻倆盡力滿足老人的嗜好，每天都燒魚給母親吃，並請來鄰家的老大娘陪著她一塊兒吃。三五天無所謂，時間長了可就麻煩了，龐氏每天又要擔水，又要燒魚，忙都忙不過來，而且還要經常買魚，經濟也承受不了，但又不敢怠慢婆婆，這可怎麼辦呢？

說來也真奇了，正當他們一籌莫展之時，他們家屋後突然冒出了一股泉水來，泉水如同沱江水一樣清澈、甘甜，而且每天清晨，泉水裡一定會冒出兩條大鯉魚，活蹦亂跳的。夫妻倆高興極了，每天用新鮮的泉水和鮮嫩的鯉魚孝敬母親，不敢有絲毫鬆懈。

孝道孝行不是一時的心血來潮，而是出於永恆的真誠。「湧泉躍鯉」雖帶有一些神話色彩，但姜詩夫婦的孝道孝行令人感歎。在物欲橫流的今天，你陪父母吃過多少頓飯，為父母燒過多少道菜，有過多少句為父母祝福的話語？

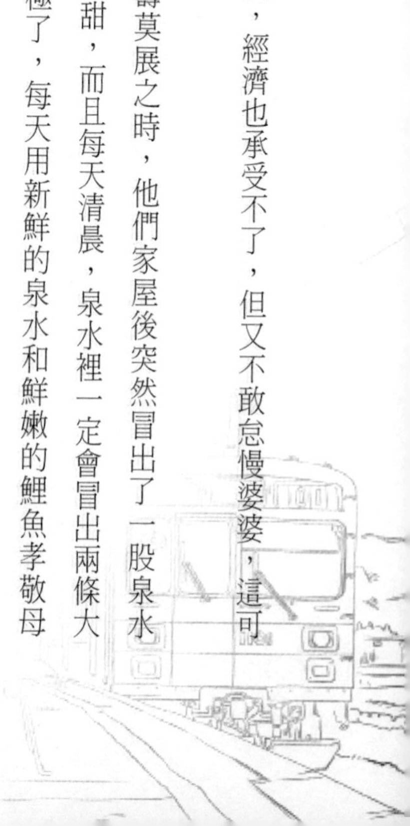

一輛電動輪椅

新年將近，郵局工作人員黛妮西尼・羅茜在閱讀所有寄給聖誕老人的一千封信件時，發現只有一個名叫約翰・萬古的十歲兒童，在信中沒有向聖誕老人要他自己的禮物。

信中寫道：「親愛的聖誕老人，我想要的唯一的一樣禮物就是給我媽媽一輛電動輪椅。她不能走路，兩手也沒有力氣，不能再使用那輛兩年前慈善機構贈予的手搖車。我是多麼希望她能到室外看我玩遊戲啊！你能滿足我的願望嗎？愛你的約翰・萬古。」

羅茜讀完信，忍不住落下淚來。她立即決定為居住在巴寧市的萬古和他的母親三十九歲的維多利亞・柯絲萊盡些力。於是，她拿起了電話。接著奇蹟般的故事就發生了：

她首先打電話給加州雷得倫斯市一家名為「行動自如」的輪椅供應商店。商店的總經理龔迪・米倫達又與位於紐約州布法羅市的輪椅製造廠——福卻拉斯公司取得了聯繫。這家公司當即決定贈送一輛電動輪椅並且在星期四運送到，還要在車身上放一個作為聖誕禮物的紅蝴蝶結。顯然，他們是聖誕老人的支持者。

星期五，這輛價值三千美元的輪椅送到了萬古和他媽媽居住的一座小公寓門前。在場的有十多位記者和前來祝福的人們。

萬古的媽媽哭了。她說道：「這是我度過的最美好的耶誕節。今後，我不再終日困居在家中了。」她和兒子都是在一九八一年的一次車禍中致殘的。由於她的脊椎骨斷裂，她得依靠別人扶著坐上這輛灰白色的新輪椅在附近的停車場上進行試車。

贈送輪椅的福卻拉斯公司的代表奈克・得斯說：「這是一個一心想到媽媽而不是自己的孩子。我們感到，應該為他做些事。有時，金錢並不意味著一切。」

郵局工作人員同時也贈送給他們食品以及顯微鏡、噴射機模型、電子遊戲機等禮物。約翰・萬古把其中一些食品裝在盒內，包起來送給樓下的鄰居。

對此，約翰・萬古解釋說：「把東西分贈給那些需要的人們，會使我們感到

快樂。媽媽說，應該時時如此，也許天使就是這樣來考驗人們的。」

優先考慮別人的利益和需要是一種高尚的行為，這裡面也包括自己的親人——自己的媽媽。

告訴父親，你愛他

下班後，當約翰回家走進客廳，十二歲的兒子抬頭望著他，說「我愛你」的時候，他竟無言以對。足足有幾分鐘，約翰站在那裡，打量著兒子，等著他說下去。約翰首先想到的是：兒子肯定是想要我幫他做作業；要不然就是求我給他一些零用錢；再不然，就是他做了什麼壞事，卻裝著很善良的樣子來告訴我。

終於，約翰問道：「你想幹什麼？」

兒子笑著跑了出去。約翰叫住他：「喂，到底是怎麼啦？」

「沒什麼。」兒子嬉皮笑臉地說，「我們生理學老師讓我們對父母說『我愛你們』，看父母怎樣回答我們。這是個實驗。」

第二天，約翰跟兒子的老師通了電話，想知道這「實驗」究竟是怎麼回事。說實話，他更想知道其他孩子的家長是什麼反應。

「大多數父親都跟你的反應一樣。」兒子的老師說，「當我第一次提出這個

建議的時候，我問孩子們，父母會怎樣回答呢？他們都笑了起來。有兩個學生說，他們肯定會嚇成心臟病。」

也許，有些家長會反對老師這種做法。一個初中的生理學教師最好還是去告訴孩子們注意飲食的均衡，以及正確使用牙刷等等，「我愛你」跟生理學老師有什麼相關？這是父母和孩子們之間的私事，別人管不著。「問題在於，」老師解釋說，「感覺到被愛是身體健康的一部份，這是人類的需要，我一直在告誡孩子們，不把這種感情表達出來是很不好的，不僅僅是大人對孩子，男孩對女孩，而且，一個男孩子也應該能對他父親說句『我愛你』。」

這位中年男教師很能夠理解現代人的心態——有些話明知道很好，但又很難說出口。我們當中有許多人都是這樣，疼愛我們的父母把我們撫養成人，從沒有用嘴說個「愛」字，而我們正是照著父輩們的樣子來對待我們的孩子。

那天晚上，當兒子用那種一天比一天敷衍的口吻向約翰道晚安時，他抓住了兒子，回了他兩個吻。沒等兒子逃掉，約翰用男子低沉的口氣對他說：「喂，我也愛你。」

約翰確實感到心裡很舒服。

感覺到被愛是身體健康的一部份，這是人類的需要，趕快告訴你的親人「我愛你」吧！

按月付費買鋼琴的人

很多年以前，當我還是二十多歲的小夥子時，我在路易士街的一家鋼琴公司當銷售員，我們通過在全州各小城鎮的報上以登廣告的方式銷售鋼琴。當我們收到足夠的回函時，就駕著裝滿鋼琴的小貨車到顧客指定的地方去銷售。

每一次我們在棉花鎮刊登廣告時，都會收到一張寫著「請為我的孫女送來一架新的鋼琴，必須是紅木的。我會用我賣雞蛋的錢按月付給你們十塊錢」的明信片。可是，我們不可能賣鋼琴給每個月只能付十塊錢的人，也沒有一家銀行願意和收入這麼少的人家接觸，所以，我們並沒有把她寄的明信片當成一回事。

直到有一天，我恰巧到那個寄明信片的老婦人家附近，我決定到她的家去看看。我發現很多始料未及的事：她住的那間岌岌可危的小木屋位於一片棉花田的中央。木屋的地板很髒，雞舍也在屋裡面，看起來她顯然不會有申請信用卡的可能性，她既沒有車、電話，也沒工作。她所擁有的只是她頭頂上稍嫌破爛的屋頂。然而在白天，她可以穿過它看到很多地方。她的孫女大約十歲左右，打赤腳，穿著麻布做的衣服。

我向老婦人解釋我們無法以每個月償還十塊錢的方式賣給她一架全新的鋼琴，但是這似乎沒什麼用處，她繼續每隔六周就寄明信片給我們，一樣是求購一架新的紅木鋼琴，並且發誓她每個月一定會付十塊錢給我們。這一切真是詭異。

幾年後，我自己開了一家鋼琴公司，當我在棉花鎮刊登廣告時，我又收到那個老婦人寄來的明信片，一連好幾個月，我都沒有去理會它，因為除此之外，我別無他法。

有一天，我恰巧前往那個老婦人住的地區，我的小貨車上剛好有一架紅木的鋼琴。儘管我知道自己做了一個很不好的決定，但我還是親臨她的小屋，並且告訴她我願意和她訂下契約，她可以以每個月付十塊錢、免利息、分五十二次償還的方式購得她想要的鋼琴。我把新鋼琴搬到房子裡，並把它放在最不會遭雨淋的地方，在我的告誡下，小女孩把屋裡養的雞趕遠了一點兒，然後我離開了。當然，我的心情就像剛剛丟了一架新鋼琴一般。

老婦人允諾每個月要付的錢按時寄來，雖然有時候是把三個銅板貼在明信片上付款，可是一如當初所約定的五十二次，一次也不少。

二十年後的某一天，我到孟菲斯洽談生意，在假日飯店用完晚餐後，到飯店中的高級酒吧坐坐。當我坐在吧臺上點了一杯餐後酒時，我聽到身後傳來一陣優美的鋼琴聲，我轉頭看到一位可愛的年輕女子，正彈著一首非常優美的鋼琴曲。

雖然我也算是一位不錯的鋼琴師，但是我仍被她的鋼琴聲給吸引住了。我拿起酒杯走到她旁邊的桌子邊坐下仔細聆聽，她對著我笑，問我想聽什麼。中場休息時，她過來和我坐在一起。

「你是不是很久以前把鋼琴賣給我祖母的那個人？」她問我。

我的老天啊！她就是那個當年打著赤腳、穿著破爛麻布衣的小女孩！

良好的家庭環境並不是孩子成才的必要條件；有許多非常貧困的家庭依靠對孩子的摯愛促使了他們的茁壯成長。

愛滿心間

拉姆的媽媽非常喜歡喝草莓麥芽酒。當拉姆每次去看望她時，總會帶上令她感到驚喜的這種「飲料」，而她總是十分興奮。晚年，母親得了老年癡呆症，住進了老人看護中心。

當拉姆意識到母親的身體狀況日益惡化時，就寫了一封表達感謝的信給她。拉姆寫了許多長久以來就很想對母親說的話，這些話一直埋藏在他的心裡，因為媽媽的年老固執，拉姆從未對她提起過。現在，拉姆擔心如果自己再不說出來，那麼她也許就永遠不能瞭解自己內心對媽媽的愛了。拉姆告訴媽媽他有多麼愛她，拉姆為自己在成長過程中的頑劣固執向媽媽道歉。並告訴媽媽，她是一個偉大的母親，自己以身為媽媽的兒子而驕傲。母親常常花幾個小時翻來覆去的看這封信。

不久以後，媽媽就認不得拉姆了，她想不起來拉姆是她的兒子。每次拉姆去

看望她，她總會問拉姆：「你能告訴我你是誰嗎？」拉姆總是驕傲的告訴她，我是您的兒子。然後，她會微笑著，用她的手握住拉姆的手。拉姆渴望他們之間這種特別的接觸能夠持續下去。

這之後不久拉姆又去看望她時，她正躺在床上休息，她是醒著的。當她看到拉姆進來，他們彼此微笑著。

沒有說出一句話，拉姆拉過一把椅子靠近媽媽的床，握住她的手。對他們來說，這是一個不同尋常的接觸。拉姆默默的透過這樣的方式把自己的愛傳遞給她。在這個安靜的時刻，拉姆能感受到他們之間無限的愛所散發出的巨大的魔力。即使拉姆知道，她也許並不清楚是誰握著她的手。

大約過了十分鐘，拉姆忽然感到她的手輕輕的按著自己的手。一下，兩下，三下。這個過程十分短暫，然而就在那一剎那拉姆知道了她想對他說什麼，雖然她沒有說出一個字出來。

這是他們之間的愛的訊號，這種非凡的力量，來自他們彼此深愛的內心。

拉姆簡直不敢相信！媽媽已經不能像過去那樣用語言表達她內心的想法了，

但是媽媽仍能清晰的把她的思想傳遞出來。她根本無需說話。就在這一短暫的時刻，媽媽彷彿又回到了從前她神志清醒的那個時候。

很多年以前當拉姆的父親和她約會時，她發明了這種特殊的方式——就是輕輕的按三下他的手，告訴拉姆的父親：「我愛你！」當他們坐在教堂裡，父親也溫柔的回摁兩下她的手，告訴她：「我也是！」

拉姆輕輕地按了兩下媽媽的手以回應她的愛。媽媽轉過頭來，給拉姆一個愛的微笑。媽媽的面容散發出愛的光芒。拉姆永遠也難以忘記媽媽容光煥發的這一刻。

又過去了十分鐘，他們仍然沒有講一句話。

突然，媽媽認真地看著拉姆，安詳的對拉姆說了一句話：「兒子，對我來說，最重要的，就是有人愛著我。」

拉姆不禁流下了眼淚。拉姆輕輕的擁抱了媽媽一下，告訴媽媽自己有多麼愛她。不知道是喜悅還是難過，拉姆忍受不了這一時刻，抹著眼淚向媽媽告辭。

沒過多久，母親就去世了。

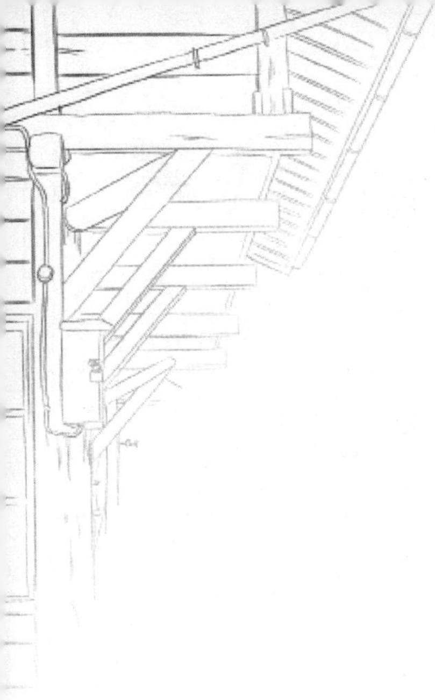

那一刻母親所說的話，都被拉姆像金子般珍藏在心裡。拉姆會永遠記得那個愛的時刻。

每個人都有愛的需要。對親人表達出你的愛，彼此的生活就會變得更加美好。

陌生的關愛

深冬的一天，我在一個寂寥的車站等去學校的六五一路公車。遠遠地，四十五公路車行駛了過來。車門打開，一些人下來，一些人上去，彼此行色匆匆，卻沒有誰多留意對方一眼。

從車上走下一個頭髮花白、拎著一隻蛇皮袋的老人，一看就知是從農村來的。她徑直向我所在的站牌走過來，然後用一種困惑的目光打量著面前的站牌。她似乎難以找到自己想要的答案，就把求助的目光投向我：「孩子，我不識字，去省立醫院我該坐哪班車？」

「四十五路，就是您剛才坐的那班車。」對鄉下人到城裡乘錯車的現象我司空見慣，但還是忍不住問了句，「車上的售票員沒有告訴您去省立醫院該到哪裡下嗎？」

老人臉上綻開溫和的笑容，「呵呵，我剛才在車上看到一個小夥子沒有座

位，老是那樣站著我心裡怪不舒坦的，就給他讓了座。」「您真有意思，其實您根本不必給年輕人讓座，再說，即使讓座也沒必要沒到站就下車啊！」

「孩子，你不知道，那個小夥子的腳有毛病。每個人都是媽媽的孩子，我看他老是那樣站著，心疼啊，」她笑了笑，「我這麼一大把年紀給他讓座，他坐在旁邊心裡肯定會不舒服的，所以我就說到站了，就下了車。」

我一下子愣住了，呼嘯的寒風吹進我張大的嘴裡，我卻感覺到心裡一股暖流隨風湧動。四十五路公車終於搖搖晃晃地開過來了，我趕緊將她扶上車。就在扶她上車的剎那，我突然感覺到，我攙住的一隻袖管竟然是空的！

原來一個陌生的關愛，可以來得這麼簡單，簡單到僅僅是出自母親的本能，就像對待自己的孩子一樣呵護別人的孩子；原來，一個母親的呵護，可以來得這麼高貴，高貴到在施愛的同時仍惺惺相惜的維護對方的尊嚴。

父親的鮮花伴我一生

父親第一次送我鮮花是在我九歲那年。那時，我參加了六個月的踢踏舞學習班，準備迎接學校一年一度的音樂會。作為新生合唱隊的一員，我感到激動、興奮。但我也知道，自己貌不出眾，毫無動人之處。

真叫人大吃一驚，就在表演結束來到舞臺邊時，我聽見有人喊我的名字，而且往我懷裡放了一束芬芳的長梗紅玫瑰。我站在舞臺上的情景至今歷歷在目，臉兒通紅通紅的，注視著腳燈的另一邊。那兒，我父母笑吟吟的望著我，使勁的鼓掌。

一束束鮮花伴隨著我跨過人生的一個個里程碑，而這些花是所有花中的第一束。

快到我十六歲生日了。但這對我並不是一件值得快樂的事。我身材肥胖，沒有男朋友。可是我好心的父母要給我辦個生日晚會，這讓我的心情更增加的痛

苦。當我走進餐廳時，桌上的生日蛋糕旁邊有一大束鮮花，比以前的任何一束都大。

我想躲起來。由於我沒有男朋友送花，所以我父親送了我這些花。十六歲是迷人的，但我卻想哭。要不是我最要好的朋友弗麗絲小聲說：「有這樣的好父親，真是幸福！」我真的就要哭出來了。

時光荏苒，父親的鮮花陪伴著我的生日、音樂會、授獎儀式、畢業典禮。大學畢業了，我將從事一項新的事業，並且馬上就要做新娘了。父親的鮮花代表著他的自豪，代表著我的成功。這些花帶給我的不僅是歡樂和喜悅。父親在感恩節送來豔麗的黃菊花，耶誕節送來茂盛的聖誕紅，復活節送來潔白的百合，生日送來鮮紅的玫瑰。父親將四季的鮮花紮為一束，祝賀我孩子的生日和我們搬進自己的新居。

我的好運與日俱增，父親的健康卻每況愈下，但直到因心臟病與世長辭，他的鮮花禮物從不曾間斷過。父親從我的生活中消失了，我將我買的最大最紅的一束玫瑰花放在他的靈柩上。

在生活中，我們都需要鮮花和掌聲，尤其是來自至親至愛的人的。親人的鼓勵和愛是我們一生中都需要的。

愛的禮物不需要花很多的錢

愛德華先生是個成功而忙碌的銀行家。由於成天跟金錢打交道，不知不覺，愛德華先生養成了喜歡用錢打發一切的習慣，不僅在生意場上，對家人也是如此。他在銀行為妻子兒女開設了專門的戶頭，每隔一段時間就撥一大筆金額供他們消費；他讓秘書去選購昂貴的禮物，並負責在節日或者家人的某個紀念日送上門。所有事情就像做生意那樣辦得井井有條，但他的親人們似乎並沒有從中得到他所期望的快樂。時間久了他自己也覺得很委屈：「為什麼我花了那麼多錢，而他們卻還是不滿意，甚至還對我有所抱怨？」

愛德華先生訂了幾份報紙，以便每天早晨可以流覽到最新的金融資訊。原先送報的是個中年人，不知從何時起，換成了一個十來歲的小男孩。每天清晨，他騎單車飛快的沿街而來，從帆布背袋裡抽出捲成筒狀的報紙，投到愛德華先生家的門廊下，再飛快的騎著車離開。

愛德華先生經常能隔著窗戶看到這個匆忙的報童。有時，報童一抬眼，正好也望見屋裡的他，還會調皮的對他行個舉手禮。見多了，就記住了那張稚氣的臉。

一個週末的晚上，愛德華先生回家時，看見那個報童正沿街尋找著什麼。他停下車，好奇的問：「嘿，孩子，你在找什麼呢？」報童回頭認出他，微微一笑，回答說：「我掉了五美元，先生。」

「你肯定是掉在這裡嗎？」

「是的，先生。今天我一直待在家裡，除了早晨送報，肯定掉在路上了。」

愛德華先生知道，這個靠每天送報掙外快的孩子不會是生長在生活優渥的家庭；而且他還可以斷定，那遺失的五美元是這孩子一天一天慢慢攢起來的。一種憐憫心促使他下了車，他掏出一張五美元的鈔票遞給他，說：「好了孩子，你可以回家了。」報童驚訝的望著他，並沒伸手接這張鈔票，他的神情裡充滿尊嚴，分明在告訴愛德華先生：他並不需要施捨。

愛德華先生想了想說：「算是我借給你的，明早送報時別忘了給我寫一張借

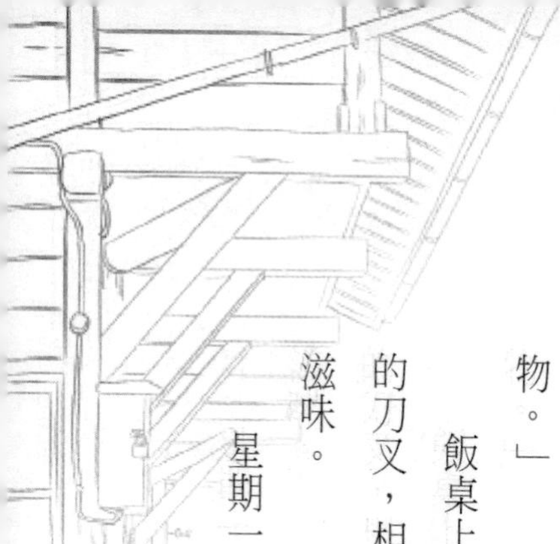

據，以後再還我。」報童終於接過了錢。

第二天，報童果然在送報時交給愛德華先生一張借據，上面的簽名是菲里斯。其實，愛德華先生一點都不在乎這張借據，不過他倒是關心小菲里斯急著用五美元幹什麼。「買個聖誕天使送給我妹妹，先生。」菲里斯爽快的回答。

孩子的話提醒了愛德華先生，可不，再過一星期就是耶誕節了。遺憾的是，自己要飛往加拿大洽談一項併購事宜，不能跟家人一起過耶誕節了。

晚上，一家人好不容易聚在一起吃飯時，愛德華先生宣佈道：「下星期，我恐怕不能和你們一起過耶誕節了。不過，我已經交代秘書在你們每個人的戶頭裡額外存了一筆錢，隨你們買點自己喜歡的東西！就算是我送給你們的聖誕禮物。」

飯桌上並沒有出現愛德華先生期望的熱烈，家人們都只是稍稍停了一下手裡的刀叉，相繼對他淡淡的說了一兩句禮貌的話以示感謝。愛德華先生心裡很不是滋味。

星期一早晨，菲里斯照例來送報，愛德華先生卻破例走到門外與他攀談。他問：「你送妹妹的聖誕天使買了嗎？多少錢？」

菲里斯點頭微笑道：「一共四十八美分，先生。我昨天先在跳蚤市場用四十美分買下一個舊芭比娃娃，再花八美分買了一些白色紗、綢緞和絲線。我同學拉瑞的媽媽是個裁縫師，她願意幫忙把那個舊娃娃改成一個穿漂亮紗裙、長著翅膀的小天使。您知道嗎？那個聖誕天使完全是按童話書裡描述的樣子做的——我妹妹最喜歡的一本童話書。」

菲里斯的話深深觸動了愛德華先生，他感慨道：「你多幸運，四十八美分的禮物就能換得妹妹的歡喜。可是我呢？即便付出了比這多更多的錢，得到的不過是一些不鹹不淡的客套話。」

菲里斯眨眨眼睛，說：「也許是他們沒有得到所希望的禮物？」愛德華先生皺皺眉頭，他根本不知道他的家人想要什麼樣的聖誕禮物，而且似乎從來也沒有詢問過，因為他覺得給家人錢，讓他們自己去買是一樣的。他不解的說道：「我給他們很多錢，難道還不夠嗎？」菲里斯搖頭道：「先生，聖誕禮物其實就是愛的禮物，不一定要花很多錢，而是要送給別人心裡希望的東西。」

菲里斯沿著街道走遠了，愛德華先生還站在門口，沉思好久好久才轉身進屋。屋子裡早餐已經擺好了，妻子兒女們正等著他。這時，愛德華先生沒有像平時那樣自顧自的邊喝牛奶邊看報紙，而是對大家說：「哦，我已經決定取消去加拿大的計畫，想留在家裡跟你們一起過耶誕節。現在，你們能不能告訴我，你們心裡最希望得到什麼樣的聖誕禮物呢？」

金錢不等於愛。親人之間良好的溝通，愉快的相處比金錢和貴重的禮物更重要。

不論哪一天我都是你的母親

母親節那天，在商場裡繞了幾圈，姐妹淘們都為自己的媽媽找到了心儀的禮物，只有我，仍傻傻的跟在人家背後，兩手空空。「小蔣，你也給你媽媽買件禮物寄回去吧！」曹姐捧著一束美麗的康乃馨對我說。我望著她茫然的搖了搖頭。

媽媽是個老實本分的農村婦女，打從我有記憶以來她就沒有空閒過，上山下田忙家務管孩子是她生活的全部內容。為了供我們上學，家裡負債累累，媽媽省吃儉用，沒有穿過一件新衣服，還要遭到別人的冷眼與嘲諷。記憶最深的是我們幾個姐妹同時上學的那些年，每到週末回家，總會看到媽媽眼裡流露出的無奈與喜悅的神情。因為欠下的債越來越多，而且大多有借無還，媽媽再向人家借錢就很困難了。再後來，親友們都疏遠了媽媽。上門討債的越來越多，說的話也越來越難聽。人家氣她有錢供我們讀書而沒錢還債。媽媽告訴他們：「你們不要著急，我借的錢都會還給你們的，我有四個小銀行。」二妹妹考上大學時鄰居和親

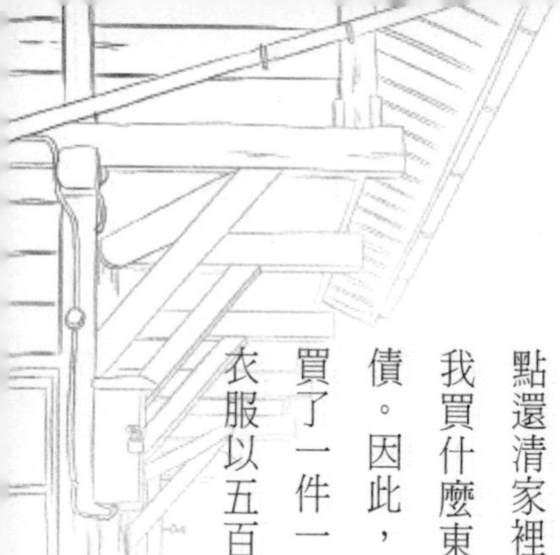

友表面上來慶祝，私下裡卻說風涼話：「如今讀大學有什麼稀奇，只要有錢想到哪裡讀都可以。」「讀了又有什麼用，大學畢業又不一定有工作。」媽媽對二妹說：「管它有沒有工作，只要自己發奮讀書，肯定有出息的一天。」在農村，一家只要有一個讀書的，家裡就會被折騰得雞飛狗跳，我們家姐妹四個，除了我之外，都念了大學，媽媽說欠了債也值。

如今，二妹已經考上了公務員，三妹也到深圳實習了，只有最小的妹妹還在讀大二，但我們三個人可以負擔她的學雜費了。媽媽本來可以鬆一口氣了，但她還是把每一分錢看得很重要。逢年過節我們回家若給她買一點什麼她就會不高興，責怪我們亂花錢。媽媽是個自尊心很強的人，她希望我們節省下每一分錢早點還清家裡欠下的債，讓她那被沉重的債務壓彎的腰桿早點挺直。媽媽說：「給我買什麼東西都等到還清債以後再說吧！」而一直到現在，我們都還沒有還清債。因此，哪怕是她的生日她都不接受我們給她買的衣服。去年過年時二妹給她買了一件一仟八百元的外套，怕她心疼故意騙她只要五百元，沒過多久她居然把衣服以五百元轉手賣給了別人。在城裡，像媽媽這個年歲的人都在家養尊處優了。每每看到大街上那些逛街喝下午茶的婦女，我就忍不住在心中拿尺子丈量仍在田裡辛勤勞動的媽媽跟她們的距離，就深切感悟到鄉下母親的不易。

還是給媽媽打個電話回去口頭祝賀一下吧！我拿起電話按下了那個熟悉的號碼。電話撥通之後我感覺嗓音有些發顫：「媽媽，今天是母親節，祝您母親節快樂！」媽媽聽我解釋了半天才弄清這個節日的意義，她哈哈笑著說：「城裡人就是名堂多，什麼母親節呀，我們鄉下連聽都沒聽說過，反正不論哪一天我都是你們的母親！只要你們快樂，我天天都快樂！」

眼淚如潮水般湧出我的眼眶。我在心裡默默的為鄉下勞碌的母親祝福，也為天下所有沒有母親節的母親祝福。

爸爸為我撐起的那片天

一天夜裡，就要熄燈睡覺時，我突然有些想家，想念千里之外年邁的父母。想撥通家裡的號碼，又怕打攪了父母的休息。「叮鈴鈴……」電話鈴聲突然響起，是家裡來的電話！打電話的是父親，我為他的深夜來電吃了一驚：「出了什麼事了，爸爸？」我急切地問。

爸爸趕緊說：「沒事，沒事，就是想和你說說話。」

「都幾點了？我媽睡著了嗎？」雖然剛剛我還想往家裡撥電話，現在卻又覺得爸爸深夜來電似乎不合時宜，但，我的言語中掩飾不住意外的驚喜，便和父親隨意聊了起來。

可能是怕影響母親休息，爸爸的聲音很低。他說家裡很好，他和母親身體都很健康。要我別惦記，好好工作，照顧好自己。

我看了看錶，說：「時間不早了，爸，您掛掉電話，睡覺吧！」

父親停頓了一會兒，我猜他一定是抬頭望了一眼那座老鐘。「是不早了，你也歇吧，對了，你明天上班時記得帶傘，你那邊會下雨。」

「您怎麼知道呢？」

「我在電視上看了氣象預報，說你那邊會下雨。」

放下電話，我怎麼也無法睡著。千里之外，父親卻時刻關注著我這邊的陰晴冷暖！

第二天，原本晴朗的天空，轉眼烏雲密佈，果真下起了雨。全單位只有我一個人帶傘，大家感到非常驚訝。我站在窗前，窗外大雨如注，我不知道父親那邊下雨還是天晴，但我知道，他一定站在老屋窗前翹首望著我這邊。父親老了，不能再為兒子撐起一片天空，但千山之遠，萬水之隔，父親仍能為我送來一把溫暖的傘……

「兒行千里母擔憂。」

其實做父親的也同樣時刻牽掛著兒子。父子之愛也同樣令人感懷。

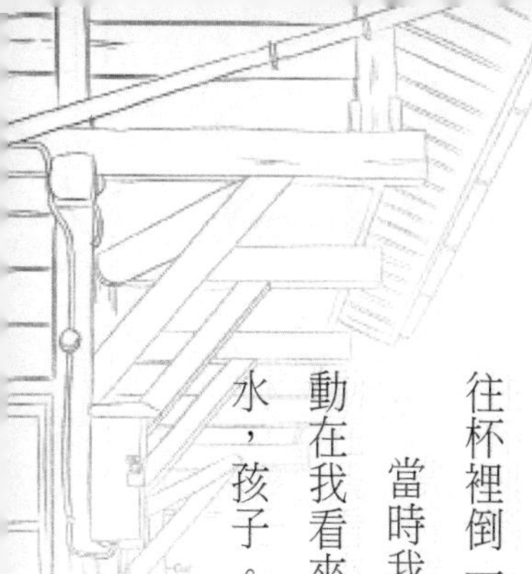

它只需要你的信念

爺爺來看我時總會帶來禮物，他的禮物永遠與眾不同，不是洋娃娃，不是書也不是絨毛玩具。我的洋娃娃和絨毛玩具早就不知去向了，但是爺爺給我的許多禮物仍伴隨著我。

有一次他帶來一個小小的紙杯，我急不可待的往杯裡看，以為裡面有什麼特別的東西。唉，除了泥土以外什麼都沒有。我失望的告訴爺爺，媽媽不准我玩土。他慈祥的笑著，從我的玩具中拿出一個小水壺，牽著我走進廚房，盛了滿滿一壺水。回到我房間，他把紙杯放在窗臺上，又把壺遞給我，「如果你持續每天往杯裡倒一點水，就會有神奇的事情發生。」他告訴我。

當時我只有四歲，我的房間位於紐約曼哈頓一座高層公寓的六樓，爺爺的舉動在我看來似乎毫無意義。我懷疑的看著他，他鼓勵的點點頭說：「記住每天澆水，孩子。」於是我答應了。

起初我充滿好奇，急於知道到底會發生什麼事，所以澆水並不算什麼負擔。但是時間一天天過去，什麼都沒有改變，我慢慢懈怠起來，越來越難以記起澆水這回事。一星期後，我問爺爺是不是可以停止了，他搖搖頭說：「一天都不能停，孩子。」第二個星期，我開始後悔答應爺爺往杯子裡倒水的承諾。他又來的時候，我想把杯子還給他，但他不肯拿，只是重複道：「一天都不能停，孩子。」第三個星期，我開始忘記澆水，經常是上床後才記起來，只好爬下床在黑暗中澆水。但是我信守了諾言，一天都沒有停過。一天早晨，原本只有泥土的杯子裡，出現了兩片小小的綠葉。

我驚訝極了。葉子一天天變大。我迫不及待的告訴爺爺，相信他會和我一樣驚訝。然而他一點驚訝都沒有，他仔細的向我解釋生命無所不在，甚至藏身於最平凡最不可能的角落。我非常高興：「爺爺，它需要的只是水，對嗎？」他輕輕拍著我的頭頂，「不，孩子」，他說，「它需要的只是你的信念。」

從這個故事中，我們可以讀到信念、奉獻的力量。我們要為生活中的生命祝

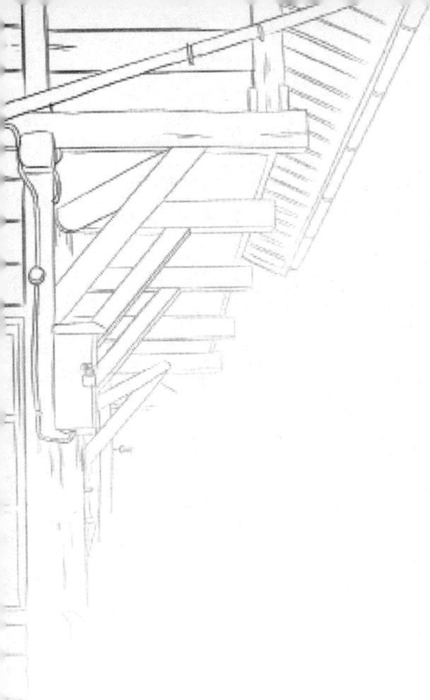

福，更要為我們內心的生命祝福。因為，只要我們能夠堅持奉獻愛心，我們就能夠收穫希望。

高高端起的大碗

小剛七歲時死了娘，十歲時母親走進他家的門，成了他的後母。鄉親們說：「後娘的心是六月的太陽——毒透了。」他們的眼睛似乎告訴小剛，更悲慘的生活還在後面。其實，即使鄉親們不說，書籍、電影中關於「繼母」的故事已經太多太多，在母親走進家門的一剎那，小剛就把敵意的目光送給了她。

小剛的父親在鄉下小學做代課老師，日子過得十分拮据，母親來了以後又種了兩畝地。生活漸漸好轉，但依然會為吃穿的事發愁。一間茅草屋，兩張破床，家裡最值錢的恐怕就是那張傳了幾代的大方桌。每天，他們一家人就圍在上面吃飯。青菜飯、蘿蔔飯是那時常見又有點奢侈的飯食，父親通常會問小剛一些學習上的事情，而母親的話不多，坐在一張高高的凳子上，手中的碗也舉得高高的，吃得津津有味。

小剛則被安排在一個矮凳上，剛好夠著大方桌。他常常撥弄著碗中的飯粒而難以下嚥，心中無比委屈：「要是娘在世，那高凳子一定是屬於我的。但現在……更氣人的是，我連她吃的什麼都看不見！」

小剛終於尋找到了一個機會，一個讓母親知道他也不是好欺負的機會——他找到了一把舊的小鋼鋸。趁母親下田勞動的時候，他搬來那張原本屬於他的高凳子，選擇一條腿，從內側往外鋸，直鋸到剩下一層表皮。從外面看凳子完好無損。但小剛知道，稍微有些重量的人坐上去准會摔跤。

那天中午，母親燒的是青菜飯，先端上的是小剛和他父親的飯碗。小剛坐在自己的位置上，埋頭吃飯，心裡有些忐忑不安，卻又希望發生些什麼。母親端著她的大碗，坐在高凳子上，手中的碗照樣舉得高高的，依然吃得津津有味。小剛的計畫落空了，她並沒有從高凳子上摔下來。

小剛一邊回答父親的提問，一邊偷偷把腳伸到母親的高凳子旁，希望把那條斷腿給弄下來，偏偏勾不著，未能如願。聰明的小剛故意把筷子弄掉到地上，趁拾筷子之際，腳用力一蹬，「哢嚓」一下，專心吃飯的母親根本不會想到凳子腳會斷，「哎喲」一聲被重重摔在地上。碗沒碎，母親摔下來的時候盡力保護著它，但碗裡的青菜灑了一地，母親的衣服、脖子上都沾上了——母親的碗裡全是青黃的菜，僅是菜葉上沾些米粒！平時被小剛認為是難以下嚥的米粒，在那一時刻、在青青菜葉上，卻顯得那麼的生動，又是那麼的珍貴！

小剛終於明白，母親坐得那麼高，碗端得那麼高，是害怕他看見她碗裡枯黃的青菜，她把米飯留給了他和他父親！

也就在那天，就在母親從地上爬起來的時候，就在父親舉起手來準備打小剛屁股的時候，他無比羞愧的撲在了母親懷裡，喊出了他的第一聲、發自內心最深處的呼喚：「娘……」

常常有人用「後母」來形容對孩子態度惡劣的女人，其實，有很多善良的婦女對待養子和親子是一樣的。

給他們足夠的時間

一次，在一位朋友家小坐，發現他給父母打電話的時候，總是撥兩遍號碼：第一次撥過之後，鈴響三聲就掛斷；然後再撥第二遍。

「第一遍占線嗎？」我很好奇的問他。

「不是，」他解釋說，「你不知道，我爸媽都是接電話很急的人，好幾次為了接我的電話差點就撞著。從那次以後我就和他們約定，接電話不許跑。我先撥一遍，給他們足夠的時間。」

多撥一遍電話，看似小事一樁，卻表現出兒女對父母體貼的心。想想我們的父母在我們年幼時是如何無微不至細心、耐心的照顧我們成長的，我們對父母做得再多也遠遠不夠。

大火中的母親

一家人住在一間用木板隔成的兩層小閣樓裡。

母親半夜起床上廁所，突然聞到一股濃濃的煙味，便意識到家中出事了。

此時，樓下已是一片火海，全家兩個女兒三個兒子以及兩個工人都被困在大火中。孩子們被叫醒後，個個如受驚的小兔子，逐一聚攏到母親身邊。幸好閣樓上的天花板只有一層，砸開它，就可以攀上後牆逃生。絕望之餘，兩個工人砸開天花板，搶先翻過牆頭，再也沒有回來。高牆裡面，大火離母親和五個孩子越來越近了。五個孩子中，最高的也僅有一百五十公分，而圍牆竟有二百多公分高。他們沒有一個人能單獨攀上去。幸運的是，牆頭上有一個工人留了下來，他一手緊抓房頂橫樑，另一隻手伸向牆內的母親和五個孩子。「別怕，踩著媽媽的手，爬上去！」母親蹲在地上，抓牢大兒子的腳，大兒子用力一蹬，抓住工人的手，攀上了牆頭翻身脫離了險境。用同樣的辦法，母親把二兒子和小兒子一一舉過了

牆。此刻，火舌已舔到腳掌，母親奮力抓起二女兒。此時，她的力氣已用盡，渾身不停的顫抖。大女兒急中生智，協助媽媽把妹妹舉過了牆。火海中，僅剩母親和大女兒。大火貼近了她們的身體，燒著了她們的衣服。大女兒哭著讓媽媽離開，但母親堅決地將女兒拉了過來，拼盡最後一口氣，將大女兒托過牆頭。當那個雇工再次把手伸向母親的時候，她竟然連站立的力氣也耗盡了，轉眼間，便被大火吞沒了。牆外，五個孩子聲淚俱下的捶打著牆，大喊著「媽媽」。而牆內的母親再也聽不見了，永遠地閉上了眼睛。

消防人員趕到，很快將大火撲滅。人們進去尋找這位母親，看到了極為悲壯的一幕：她跪在閣樓內的牆下，雙手向上高高舉起，仍保持著托舉的姿勢。

面臨生與死的抉擇，絕大多數母親都會犧牲自己，以維護孩子的人身安全，這種感人的故事太多了。

聖誕之夜珍貴的父愛

這是在諾斯家久居多年的姑媽搬走以後的第一個耶誕節。以前過節，她總是為諾斯一家人準備聖誕樹和聖誕禮物。但今年的耶誕節，在諾斯的家裡卻沒有歡樂，冷冷清清的。因為這一年裡，諾斯的父親只是偶爾有工作可做，他們家的兩間空房也租不出去，而諾斯的母親則到越來越遠的地方去採購便宜物品。這表示，他們家的生活每況愈下，收入僅足糊口。

在聖誕前夜的晚飯桌上，諾斯的父親一直沉默不語。當他突然說：「來，我們出去走一走」時，諾斯大吃一驚。這樣的想法父親從前是從未有過的，況且屋外天氣很冷。更出乎諾斯意料的是，父親說：「我們去一四九號大街與三號路的交叉路口。」諾斯真高興，要去的地方是紐約的一個商業中心，那裡都是商店。耶誕節期間，一排排無盡頭的移動式零售攤點出售著玩具。以前耶誕節的時候，諾斯常常和姑媽到那裡去，她讓他挑選最想要的東西，這一點諾斯的父親是知道

的。於是，諾斯很愉快的得出這個結論：「這次出門只意味著一件事，那就是爸爸要給自己買一件聖誕禮物。」

諾斯欣喜若狂。姑媽離開他們的這一年對諾斯來說真是糟糕透了。他非常渴望得到一件聖誕禮物，這不單純是為了一件禮物，而是作為一個象徵：「我需要從父母那裡得到某種表示，他們懂得我的心情如何，他們仍然會愛我，就像姑媽那樣愛我。」父親經過一番考慮而決定為兒子買一件聖誕禮物的想法使諾斯感到非常幸福，這種幸福是這幾個月來他不曾享受到的。

他們快步走著。低著頭，頂著風向攤販走去。因為父親隻字未提買禮物的事，諾斯也只好偶爾站在某個貨攤前儘量克制住自己的感情：「看，一間化學試驗室！」「那是一個顯微鏡！」「看那兒，壓力箱！」每次，父親都詢問一下價錢，然後他們相對無言繼續走著。有幾次，他手裡拿著玩具看著兒子，好像他在暗示兒子會喜歡這個玩具的。可諾斯已經十歲了，對簡單的小玩具早就不感興趣了。

現在，他們面前只剩下兩三個貨攤了。諾斯抬頭仰望著父親，聽見他是如何把口袋裡的幾枚硬幣弄得叮噹響。這一下諾斯全明白了，也許他一共湊了不過七角五分錢來為自己買聖誕禮物，且不敢把實情告訴兒子，也許他連這點兒錢也沒有。

諾斯從父親的眼中看到了一種失望的神情。此時此刻，他感到他們父子比以前更親近了。說心裡話，當時諾斯本想擁抱父親，並說：「這沒關係，我能理解，相比之下化學試驗室或壓力箱無足輕重。我愛您，爸爸！」然而，諾斯什麼話也沒說，和父親並排站了片刻，凍得直發抖。然後，他們默默無語，起身回家。

長大後，諾斯一直遺憾自己當時沒有告訴父親，那天晚上自己是多麼感激他。

和真摯的父愛比較起來，任何珍貴的禮物都顯得微不足道。父親對兒女表達愛的方式更令人感動。

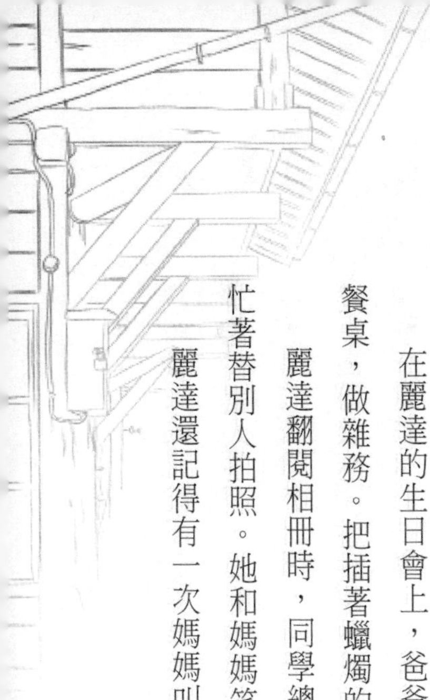

愛的感覺

麗達覺得爸爸不懂得怎樣表達愛，使他們一家人融洽相處的是媽媽。爸爸只是每天上班下班，而媽媽把麗達做過的錯事列出清單，然後由他來責罵她。

有一次，麗達偷了一包糖果，他要她把它送回去，並向賣糖的道歉；但媽媽卻明白她只是個孩子。麗達在運動場打球跌斷了腿，在前往醫院途中一直抱著她的，是媽媽。爸爸把汽車停在急診室門口，他們叫他開走，說那空位是留給緊急車輛停放的。爸爸聽了便叫嚷道：「你以為這是什麼車？旅遊車？」

在麗達的生日會上，爸爸總是顯得有點不合時宜。他只是忙於吹氣球，整理餐桌，做雜務。把插著蠟燭的蛋糕推過來讓她吹的，是媽媽。

麗達翻閱相冊時，同學總是問：「你爸爸長什麼樣子呢？」天曉得！他老是忙著替別人拍照。她和媽媽笑容可掬的一起拍的照片，多得不可勝數。

麗達還記得有一次媽媽叫爸爸教她騎自行車。她叫爸爸別放手，但他卻說是應該放手的時候了。她摔倒之後，媽媽跑過來扶她，爸爸卻揮手要媽媽走開。麗達當時傷心極了，決心要給他點顏色看。於是，她馬上再爬上自行車，而且自己騎給他看。他只是微笑。

麗達念大學時，所有的家信都是媽媽寫的。每次她打電話回家，爸爸似乎都想跟她說話，但結果總是說：「我叫你媽來聽。」

麗達結婚時，掉眼淚的是媽媽。爸爸只是大聲擤了一下鼻子，便走出房間。她從小到大都聽他說：「你到哪裡去？什麼時候回家？自行車有沒有氣？……不，不准去。」爸爸好像完全不知道怎樣表達愛。

麗達生下第一個孩子以後忽然想到：「會不會是爸爸已經表達了愛，而我卻未能察覺？」

家庭中的親情是最值得懷念和回味的。因為在更多的時候，尤其是父母對兒女的愛，並不是表現的很誇張而是很含蓄，所以需要用心去感受，你才會更懂父母的心和對孩子的愛。

女兒收到的第一封信

女兒已讀到小學三年級，還從未收到過一封信。每每路過收發室的門口看到小黑板上有熟悉的名字時，或聽到學校的大喇叭叫某某某快去取信時，或看到同學們拿回漂亮的賀卡那種炫耀的興奮與激動時，都會使她那顆稚嫩的心不加掩飾的充滿了極度的好奇與羨慕，並且把這種情緒帶回家，不斷向我抱怨：「為什麼奶奶和姥姥的家都在附近？爸爸和媽媽又總是不出差？」看到一個弱小的孩子還沒有能力達成自己的希望，看到一個純潔的心靈是那麼急於融入社會，我決定滿足一下她那小小的虛榮，於是我給她寫了一封信。

我把想說給她的幾句話寫在彩色的信紙上，讓出差的同事特意從外地寄到她的學校。終於有一天，我正在廚房裡做飯，聽到放學回來的女兒剛走到陽台上就開始大嚷：「媽媽，您看！我的信。」開門進來，女兒滿頭大汗的站在我的面前，身上背著沉重的書包，一隻手拿著外衣，左胳膊上挎著水壺，另一隻手則小心翼翼的高高舉著那封我寫給她的信，像舉著一件稀世珍寶。她就是這樣一路高舉著信從學校跑回來的，她太想跟我分享她的快樂了。我想，她一路跑著肯定還不斷的向同學們炫耀，收穫著同學們的羨慕。正因為曾極度的羨慕過別人，才對被別人羨慕有更深刻的體會。此刻的女兒已經被濃得化不開的幸福淹沒了，她小臉漲得通紅，閃出一圈圈幸福的光，即使你有再大的憂愁，看到那張快樂的臉你也會愉快起來。女兒顧不上喘口氣，便展開信為我讀起來，聲音有些顫抖，但絕對洪亮。她哪是讀啊，而是一字一句的向我背誦，她早已讀過無數遍了。

沒想到隨意的幾句話，竟使女兒得到了如此快樂。我甚至被感動了。也許，將來的女兒會有非常豐富的感情世界、很高的文化素養，然而，人生的第一次震撼，第一次被認可的激動是刻骨銘心的，它將永遠無法磨滅。

父母總是會儘量去滿足兒女的各種需求，真是「可憐天下父母心」。

謝謝你為爸爸洗車

有一位父親存了很久的錢，終於買了一輛雪亮的新車，他非常珍愛這輛車，每天都洗車打蠟，他五歲的兒子見父親這麼愛車，也非常興奮的幫爸爸一起洗。父親有這樣一個兒子，非常滿足，很為兒子的體貼而欣慰。

有一天，這位父親很累，雖然車子因為淋了雨而顯得髒，但他實在太累了，心想，改天再洗車吧！五歲的兒子見父親這麼累，就興沖沖的要幫爸爸洗車，父親見他人小志氣大，心裡更加得意，便放手讓兒子洗。

小兒子要洗車，卻找不到抹布，他走進廚房，立即想到母親平常炒完菜洗鍋時，都是用鋼刷使勁刷才刷乾淨的，所以既然沒有抹布，就用鋼刷吧！

他拿起鋼刷用力的「洗」起車來，一遍又一遍，像刷鍋子一樣刷車。等他刷完之後，「哇！」他大哭失聲，車子怎麼都花了？這下慘了，他急忙跑去找父親，邊哭邊說：「爸爸，對不起，爸爸，你來看！」父親疑惑的跟著兒子走到車旁，他也「哇」的一聲：「我的車！我的車！」

這位父親氣得走進房間，他十分生氣的跪在地上禱告：「上帝呀，請你告訴我，我該怎麼做？那是我新買的車，一個月不到，就變成這樣，我該怎麼處罰我的孩子？」

他才禱告完，在他心裡忽然出現一個聲音：「不要為灑在地上的牛奶而哭泣。」

突然間，他像是被點醒了。

他走出房門，兒子正害怕的流著淚，動也不敢動。

父親急忙把兒子摟在懷裡，並且說：「謝謝你幫爸爸洗車，爸爸愛你，勝過那輛車子。」

外國有句諺語：「不要為灑在地上的牛奶而哭泣。」如果孩子的動機是好的，而釀成的錯誤已無法挽回，就不妨寬容些。

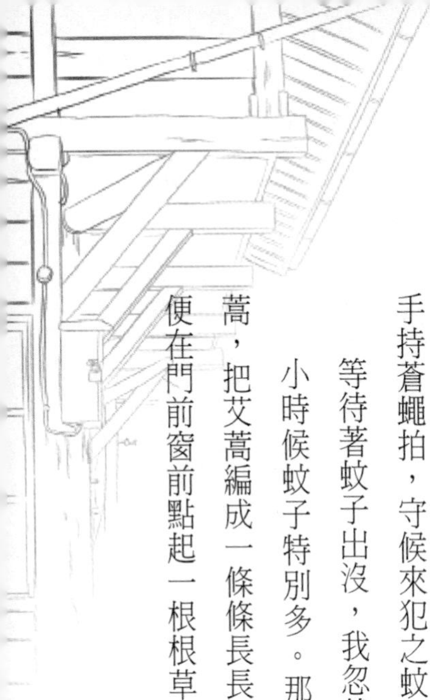

為女兒驅趕蚊子的媽媽

熄燈不久，忽聽十五歲的女兒輕聲呼喚：

「媽！蚊子！」

黑暗中，聽她悄聲細語，仿佛她已被籠罩在蚊子的威脅之下。顯然，是蚊子扇動翅膀的聲音驚動了她。

我打開床頭燈，尋找了良久，果然消滅了一隻。

當女兒再次被蚊子驚醒的時候，我索性讓女兒安心睡覺，自己坐在沙發上，手持蒼蠅拍，守候來犯之蚊。

等待著蚊子出沒，我忽然想起了母親。

小時候蚊子特別多。那時候還不容易買到蚊香，媽媽便請人打來一捆捆艾蒿，把艾蒿編成一條條長長的艾蒿草繩，掛在太陽下曬乾。每逢暮色降臨時，她便在門前窗前點起一根根草繩，嫋起的白煙和從山坡上流淌下來的乳白色霧靄交融在一起，把我們的屋子幾乎籠罩起來。蚊子被驅趕跑了。聞著清香的艾蒿氣味，我安然入睡，絲毫沒受蚊子的騷擾。

後來，找不到足以編成草繩的艾蒿了，卻有賣蚊香的，點起來有一股很嗆鼻的農藥味，熏得人頭疼欲吐。媽媽怕我們「傷了腦子」，不肯點，於是改為人工驅趕蚊子。

照例是在夏天暮色降臨時，媽媽捲起竹簾，手執毛撣，在三間屋裡轟來轟去，同時我們也揮動毛巾、芭蕉扇，驅趕追打。直到媽媽認為驅趕淨了，才將竹簾放下。

待我們圍著桌子讀書或者玩耍時，坐在床邊搖扇納涼的媽媽，有時會突然起身，疾趨兩步，雙掌迅拍，然後看看掌心說：「打著了！」

以後我注意到，夏天晚上媽媽坐在床邊，並不是休息。她的眼睛總是警覺的搜尋著，一旦發現目標，便跟蹤不捨。有時我發現媽媽追蹤的眼神，便沿著她視線延伸的方向望去，卻什麼也沒看到，但結果是，媽媽又打中一隻蚊子，媽媽的眼睛，與眾不同嗎？

有時在睡夢中，我矇矇朧朧的覺得有人在床前輕輕晃動，睜開眼，一定是媽媽。她穿著短小的綢衫，頭髮有些蓬亂，看樣子像是睡過一覺了。她睜大黑黑的眼睛，巡視粉牆，巡視棚頂，用芭蕉扇向床下扇風，想把可能藏在那裡的蚊子趕出來，直到無所發現，才回自己的臥房去。

一個又一個夏夜，誰知媽媽多少次起床，為我們搜捕蚊子呢！

多少年中，我只記得媽媽為我們驅蚊的樣子，卻沒體察到蘊藏在媽媽心頭的深深柔情，直到我也養兒育女了，才開始明白。

對她老人家，我們一向知道孝敬。此刻，一股歉疚不安的浪潮卻用力的衝撞我的心扉——在這仲夏之夜，我為女兒驅蚊，但有誰為她老人家驅蚊呢？

直到自己生兒育女了以後，才能深深體會到父母對孩子無私的愛心。

親自為母親去送花

在為工作埋頭忙碌到冬季之後，他終於獲得了兩個禮拜的休假。他老早就計畫好要利用這個機會到一個風景美麗的觀光勝地旅行，去聽聽音樂，交些朋友，喝些好酒，隨心所欲的休憩一番。

臨行前一天下班回家，他十分興奮的整理行裝，把大箱子放進轎車的車廂裡。第二天早晨出發前，他打電話給他母親，告訴她去度假的計劃，母親說：「你能不能順路經過我這裡，我想看看你，和你聊聊天，我們很久沒有團聚了。」

「媽，我也想去看你，可是我忙著趕路，因為和朋友已約好見面的時間了。」他說。

當他開車正要上高速公路時，忽然記起今天是母親的生日。於是他繞回一段路，停在一家花店門口，打算買些鮮花，叫花店給母親送去。他知道母親喜歡鮮

花。

店裡有個小男孩，挑好一把玫瑰，正在付錢。小男孩面有愁容，因為他發現所帶的錢不夠，少了十塊錢。

他問小男孩：「這些花是做什麼用的？」

小男孩說：「送給我媽媽，今天是她的生日。」

他拿出鈔票為小男孩湊足了錢。小男孩很快樂的說：「謝謝您，先生。我媽媽會感激您的慷慨。」

他說：「沒關係，今天也是我母親的生日。」

小男孩滿臉微笑的抱著花轉身走了。

他選好一束玫瑰、一束康乃馨和一束黃菊花。付了錢，給花店老闆寫下他母親的地址，然後發動車，繼續上路。

僅開出一小段，轉過一個小山坡時，他看見剛才碰到的那個小男孩跪在一個小墓碑前，把玫瑰花攤放在墓碑上。小男孩也看見了他，揮手說：「先生，我媽喜歡我給她的花。謝謝您，先生。」

他將車開回花店，找到老闆，問道：「那幾束花是不是已經送走了？」

老闆告訴他還沒有。「不必麻煩你了，」他說，「我自己去送。」

我們一生也報答不完父母的養育之恩。

趁父母健在，一定要多抽時間常回家去看看他們。

一切都為了母親節

多年前的一天，十二歲的魯本•厄爾從一家商店經過時，櫥窗裡的一件商品使他怦然心動。但對這個孩子來說，這件標價五加元的東西實在是太貴了，因為這筆錢相當於他們全家人一星期的開支。跟爸爸馬克•厄爾要吧，不行，他捕魚掙的錢全都交給母親朵拉了；朵拉辛辛苦苦操持家務，事事精打細算，處處省吃儉用，才勉強養活五個孩子。

雖說眼下身無分文，但魯本仍推開這家商店業已風化殘破的門，走了進去。這個身穿粗麻布襯衫和破舊褲子的小不點兒對店主說，他想買櫥窗內的那件商品。「不過，我現在沒有錢，請您先別賣，幫我留著好嗎？」

「行。」店主微笑的對他說。

魯本很有禮貌的告別店主，走出商店。這孩子的表情讓人覺得，他一定能把這件心愛之物買到手。

走著走著，突然從旁邊一條巷子傳來一陣敲釘子的聲音。他尋聲走到一個施工現場。當地居民的房子全都是自己蓋的。他們把釘子用完後，往往漫不經心順手就把裝釘子的小麻袋給扔了。魯本早就聽說生產釘子的那家工廠在回收這種袋子，每個五分。於是，他把在工地上撿到的兩個袋子拿去賣了。在回家的路上，他的小拳頭一直緊緊攥著那兩枚五分硬幣，生怕掉了。

他家旁邊有座舊糧倉。魯本把那兩枚硬幣裝在一個空鐵盒裡，藏在糧倉內的乾草垛底下。吃晚飯時，魯本才走進廚房。父親馬克正在補綴漁網，母親朵拉已經把飯菜擺好。魯本望著媽媽，她那一頭金髮在透過窗子照射進來的陽光下閃閃發亮。魯本知道，身材苗條、容貌秀麗的母親是家裡的頂樑柱。她一天到晚忙忙碌碌，沒完沒了的忙著工作：洗衣做飯，耕種菜地，還得給羊擠奶。雖說一年到頭含辛茹苦，但她總是笑口常開的，因為她把全家人的美滿幸福看得重於一切。

每天下午放學，寫完了家庭作業，忙完母親交給的家務事後，魯本便到大街小巷去找裝釘子的小麻袋。這年的夏、秋兩季就這麼在他一日不輟的尋摸麻袋中過去了。冬天一到，冷風不斷從海灣那邊刮來。儘管不時受到饑寒困乏的折磨，

但魯本依舊日復一日的走街串巷撿拾麻袋，因為購買櫥窗內那件商品的強烈願望始終激勵著他，賦予他勇氣、信心和力量。

每逢母親問他為什麼天天這麼晚才回家時，魯本總以和小朋友一起嬉戲為由搪塞過去。朵拉明知兒子在糊弄自己，但面對一年來舉止反常的兒子，她除了無奈的搖搖頭，一點轍也沒有。

斗轉星移、辭舊迎新，不知不覺間，第二年的五月已經來臨。楊柳吐翠、嫩草飄香的五月令人心曠神怡，更令即將實現最大心願的魯本激動不已。這個月的第二個星期天，他無比激動的把藏在糧倉草垛底下的小鐵盒取出來，用顫抖的雙手將裡面的硬幣一枚不落的倒出來，仔細數了一遍，仍不放心，又認真數了一遍。哇，只差二十分就湊夠五加元了！於是，他祈禱上帝保佑自己傍晚前能撿到對他來說至關重要的四個麻袋。隨後，他把裝錢的錢盒兒藏好，便急忙去尋找麻袋。當夕陽漸沉時，他一溜煙趕到那家工廠，負責回收舊麻袋的那個人正在關閉廠門。魯本心急如焚的喊道：「先生，請您先別關門！」那人轉過身來，對著髒兮兮、汗淋淋的小魯本說：「明天再來吧，孩子！」

「求求您啦，我今天說什麼也得把這四個麻袋賣掉——我求求您啦！」耳聞孩子顫抖的哀求聲，目睹孩子淚汪汪的雙眼，這個人不禁動了惻隱之心。

「你為什麼這麼急著要錢？」大人好奇的問。

「這是一個秘密，對不起！」孩子不願洩露天機。

拿到四枚五分硬幣後，高興得心都快要蹦出來的魯本只含糊不清的向回收麻袋的人道了一聲謝，便飛也似的跑回糧倉，取出鐵盒，繼而又拼盡全力跑到那家商店，把一百枚五分硬幣倒在櫃檯上。

魯本汗流浹背的跑回家，撞開房門，衝了進去。「到這兒來一下，媽媽，請您趕快到這兒來一下！」他扯著嗓子朝正在整理廚房的母親喊道。母親剛走到跟前，魯本便迫不及待的將自己用一年多的心血換來的珍寶放在媽媽手裡。朵拉輕輕打開包裝紙，裡面包著一個藍天鵝絨首飾盒，盒內放著一枚杏仁形狀的胸針，其上鑲著兩個燦然炫目的鍍金大字「媽媽」。看到母親節兒子送給自己如此貴重的禮物，除結婚戒指外沒有任何飾物的朵拉欣喜若狂，熱淚奪眶而出。她深情地望著魯本，一把將他緊緊摟入懷中……

如果能夠努力為媽媽做些事情，儘管不一定是非常特別的事情，也能夠產生異乎尋常的效果。

女兒的生日

雷蒙總是忙，抽不出時間陪陪家人。女兒潔爾等待著她七歲的生日。她好幾個星期前就念叨著她的首次「成長」派對了。雷蒙的妻子泰咪告訴他，這個派對他必須參加。但那天他在三藩市有一筆不能錯過的生意。他查到會面之後有班飛機能夠在女兒生日派對前及時趕回西雅圖，就訂了票。

到了那天，會面順利的結束了。即將做成一筆大生意，他興奮不已。他趕到機場，飛機誤點了，而他必須趕回家。他試著訂另一班飛機，但是不行——他趕不回去了。他坐在候機室，用手機撥通了辦公室電話，對他的搭檔弗蘭克說：「會面很成功，但是我被困在機場，錯過了潔爾的生日。」一股失落的感覺襲擊了他，他非常難過。

他回到家時，餐桌上的一束氣球向他搖擺，他不勝悲哀。氣球上貼著一張卡片，上面寫著：「對不起，我遲到了——愛你的爸爸。」他想，這肯定是弗蘭

克的主意。這時妻子泰咪從後院走進來，疲憊卻面帶微笑的潔爾跟在後面，尖叫道：「爸爸！」

「生日快樂！」他說著走到女兒面前，給了她一個熱烈的擁抱和一個吻。他不好意思的對妻子說：「至少這些氣球沒有遲到。」

妻子說：「雷蒙，你知道，這張生日卡片很有趣——真的一點也不像你的作風。」

「嗯，實際上……不是我送來的。肯定是弗蘭克的主意，他知道我會遲到的。」

他害怕這時他的妻子會開始罵他，但沒有，只見她握著卡片，說：「雷蒙，你不明白，這意味著什麼嗎？」

他看著卡片上的筆跡——這些話是送給妻子、女兒這樣的親人的，卻是由一個根本不認識她們的人寫下的……他感到很慚愧。

一天早晨，他把公司的每個人都叫到了會議室。他宣佈：「從今天開始，公司將有一些改變。新的工作時間將從星期一到星期四，每天早晨九點到下午五點，最遲到六點。休息日時我不接任何有關工作的電話。過去我花了太多的時間守著你們工作；現在，我要讓你們獨立做自己的工作。」他看得出來，大家費了很大的勁，才忍住要歡呼的衝動。

他想他的妻子和女兒也會高興和歡呼起來的。

家庭與工作對於現代的人來說都是很重要的，但是應該知道的是，我們需要工作的同時，千萬不要忘記家庭的親情和溫馨。因為無論什麼時候，家庭都是你最溫馨的港灣。

畫中的父親

朋友風塵僕僕的從山野歸來，收穫了頗為滿意的美術作品。在那間狹窄的畫室裡，她興奮的請理查來鑒賞。理查的腦海中沒有任何專業的鑒賞概念，只是對畫中的各色人物產生了興趣，似乎早已忘記了主人讓他看畫是為了證明她畫技的高超。

理查的安靜與專注令朋友感到安慰，她把一杯香茶遞給他，說：「我正在為一個重要畫展做準備，你以一個參觀者的身份，從中為我挑出一張好嗎？」

理查隨口應著，眼睛卻盯住了一幅命名為「父親」的畫：那是一位表情蒼涼的老人，孤寂的坐在老樹下，雙眸黯然，似乎透出了一種沉重與無奈。「這是……」朋友掃了一眼，說：「那是我的爸爸。三年前父親來看我時隨便畫的，不好意思。唉，你還是多看看我的新作吧！」話音剛落，她便順手抽走了「父親」，扔入了被她否定的一堆畫紙中。

理查的心中悸動一下——為了那位畫中的父親。因為朋友曾向他講述過自己的身世，她幼年喪母，父親含辛茹苦的供她讀書上大學，決心幫她實現當一名畫家的人生夢想。但如今小有成就的她，就這樣把「父親」隨意的遺忘了。

在理查告辭之際，朋友執意要他出點意見，她說她相信他的感覺。理查從那堆畫中挑出了「父親」，真誠坦白的告訴她：「我選這張，因為他是父親，你是以一個女兒最純樸的心來作畫的，而不是以一個畫家的身份。」

三個月後，理查接到了朋友的贈票。在那個寬敞而靜穆的展廳中，他看到了「父親」。不遠處，朋友攙扶著她的父親向他走來。她說：「我把我爸從老家接來一起住了，趁機再多給父親畫幾幅像。」她的父親慈愛的望著出息的女兒，眼中閃現出了希望的光芒。

理查一直記著朋友走出展廳後說的一番話。她說自己這些年太投入事業，變得過於急功近利了，為了在激烈的競爭中立於不敗之地，竟然淡忘了許多美好的東西。「我的靈魂一度隱藏在了冬季，是你幫我找回了靈魂的春天，謝謝你。」

理查說：「不要感謝我，我們都應感謝『父親』。」

因為有父母才有我們的存在，因此任何人都要把自己對父母感恩的心境融入到現實的生活中。無論你身處怎樣的境界，你都不會脫離實際的生活，也不能忘記自己的父母。

兩個兒子送給母親的禮物

這一年的母親節，完全是個讓十歲的吉米和他十二歲的哥哥尼克激動不已的日子——他們要各自送給母親一份兒禮物。母親一天到晚操勞不停：既要做飯，又要照料他們，還要在浴缸裡洗全家人的衣服，而且對這一切的工作都毫無怨言。這是他們送給母親的第一份禮物。他們是窮人家的孩子，要買一份禮物，非同尋常，好在吉米和尼克都很走運，出去幫人打雜活都掙了一點外快。

吉米和尼克想著這件會讓母親感到出乎意料的事，越想心裡越激動。他們把這事對父親說了。

「你們打算給她送什麼禮物？」父親問。

「我們倆將各送各的禮物。」吉米答道。

此後的幾天裡，吉米、尼克和母親都在滿心高興的玩著一個神秘的遊戲。母親工作時滿面春風——她假裝什麼也不知道，但臉上卻總是掛著笑容。他們家裡

充滿著愛的氣氛。

尼克找吉米商量該買些什麼禮物。

「我們誰也別對誰說自己要買什麼。」尼克說。

吉米經過再三考慮，最後買了一把上面鑲有許多閃亮亮小石子的梳子，這些小石子看上去就如同鑽石一般。尼克很讚賞吉米的禮物，但卻不願說出他買的是什麼。

「等我選個時間，我們再把禮物拿出來送給母親。」他說。

「什麼時間？」吉米迷惑不解的問。

「還不確定，因為這跟我的禮物有關。你就別再問什麼了。」

第二天早上，母親準備要擦洗地板。尼克對吉米點頭示意：然後他們就跑去拿自己的禮物。

吉米折轉回來的時候，母親正跪在地上，顯得疲憊不堪的擦洗著地板。她用他們穿爛了的破衣片，一點一點的把地板上的髒水擦去。這是她最討厭做的家事。

緊跟著，尼克也拿著他的禮物返回來了。母親一看到他的禮物，頓時臉色煞白。尼克的禮物是一個帶有絞乾器的新清洗桶和一個新拖把！

「一個清洗桶，」她說著，傷心得幾乎語不成句，「母親節的禮物，竟然是一個……一個清洗桶……」

尼克的眼睛裡湧出了淚水。他默然無語的拿上清洗桶和拖把便向樓下走去。吉米把梳子裝進衣袋，也跟著他跑了出去。

他們在樓梯上遇見了父親。因為尼克哭得說不出話來，吉米便向父親說明了事情的原委。

「我要把這些東西拿回去。」尼克抽抽噎噎的說。

「不，」父親說著，接過了他手裡的清洗桶和拖把，「這是一份很了不起的禮物。我自己應該想到它才對。」

他們又回到樓上。母親還在廚房裡擦洗著地板。

父親二話不說，就用拖把吸乾了地上的一灘水；然後又用清洗桶上附帶的腳踏絞乾器，輕快的把拖把絞乾。

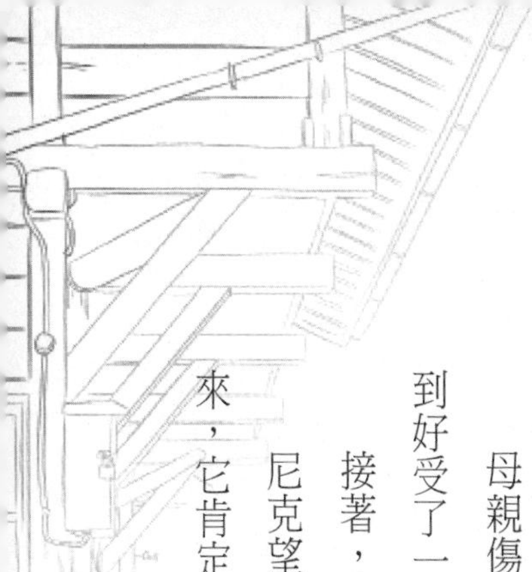

「你沒讓尼克把他要說的話說出來，」他對母親說，「尼克這份兒禮物的另一半，是從今天起由他來擦洗地板。是這樣嗎，尼克？」

尼克明白了其中的道理，羞愧得滿面通紅。「是的，啊，是的。」他聲調不高但卻熱切的說。

母親體恤的說：「讓孩子做這麼粗重的工作會累壞他的。」

到這個時候，吉米才看出了父親有多麼聰明。

「啊，」父親說，「用這種輕巧的絞乾器和清洗桶，這打掃工作便不會那麼累了，肯定做起來要比原先輕鬆得多。這樣你的手就可以保持乾淨，你的膝蓋也不會被磨破了。」父親說著，又敏捷的示範了一下那絞乾器的用法。

母親傷感的望著尼克說：「唉，女人可真蠢啊！」她吻著尼克。尼克這才感到好受了一些。

接著，父親問吉米：「你的禮物是什麼呢？」

尼克望著吉米，臉色全白了。吉米摸著衣袋裡的梳子，心裡想：若把它拿出來，它肯定會像尼克的清洗桶一樣，僅僅只是一個清洗桶。就是說得再好，我的梳子也只不過是鑲了幾塊像鑽石一樣閃亮的石子罷了。

「一半的清洗桶。」吉米平靜的說。

勤勞善良的母親為我們操勞了一生，對我們呵護備至。可是，我們當中的許多人往往忽略了母親的需要。記住：母親也需要關愛！

對於父親來說你還是那個夥計

弗蘭克的父母在賓夕法尼亞州的沙勒羅伊經營了一家小餐館，名叫帕弋尼斯。餐館每週營業七天，每天營業二十四小時。弗蘭克的第一份正式工作就是專門為那些來餐館用餐的人擦皮鞋。那時候弗蘭克六歲。他父親小時候也擦過皮鞋，所以他教弗蘭克怎麼樣才能把皮鞋擦得亮晶晶的。父親告訴弗蘭克，擦完鞋後要徵求顧客的意見，如果他不滿意，就把皮鞋重新擦一遍。

隨著年齡的增長，弗蘭克要做的工作也增加了。他十歲的時候還負責收拾餐桌，做打雜工的工作。父親笑容滿面的告訴弗蘭克，在他雇傭過的打雜工中，他是做得最好的。

在餐館裡工作使弗蘭克感到非常自豪，因為他拚命的工作正是為了讓全家人能生活得更好。但是父親明確的指出，要想成為餐館工作人員中的一員，就得達到一定標準，弗蘭克必須準時上班，手腳要勤快，並且要禮貌待客。

除了擦皮鞋外，弗蘭克在餐館做的其他工作都是沒有報酬的。有一天，他做了一件傻事：他對父親說：「您應該每週給我十美元。」

父親回答說：「好啊，那麼你一天在這兒吃的三頓飯的飯錢是不是也應該付給我呢？你有時帶朋友到餐館來白喝汽水又該怎麼算呢？」

父親又想了一下說：「你每週大約欠我四十美元。」

後來，弗蘭克在部隊服役兩年後回到家裡。那時，弗蘭克剛被晉升為上尉，他自豪的走進父母的餐館，父親開口說的第一句話就是：「打雜工今天休息，晚上你來做打掃工作，怎麼樣？」

弗蘭克心裡想：「我是不是聽錯了！我現在已經是美國軍隊裡的一名軍官了！但他轉念一想：但這又有什麼關係呢？對父親來說，我仍是餐館裡的一個夥計……」於是，弗蘭克就拿起拖把拖地去了。

父母給我們的愛是無私的，我們也要用畢生的努力傾心回報父母的愛。

只為了表達對母親的愛和感激

在美國，每逢五月的第二個星期天，都要慶祝母親節。這一天，孩子們都會給母親送上一張特別的母親節賀卡，或者是一些鮮花、糖果，來表達對母親的愛和感激之情。

為母親們建立一個特別的節日的想法是怎麼產生的呢?它完全來自一百多年前的一個叫做安娜‧梅‧賈維斯的婦女。

安娜出生於一八四六年五月，正是南北戰爭即將結束，林肯總統被刺之前。她是一個基督教牧師的女兒，是個文靜的小姑娘。

成人以後，安娜在賓夕法尼亞州的費城一家人壽保險公司工作。一九〇六年，就在安娜四十二歲生日之後兩星期，她的母親去世了。那天是五月的第二個星期天。

安娜開始變了。她不再那樣輕鬆自在、無憂無慮了。她現在只有一個生活目標——讓她的母親，以及全世界的母親，在五月的第二個星期天得到敬意。

經過一年多的精心籌備，一九〇八年五月十日，在西佛吉尼亞的格拉夫頓，安娜舉行了第一個母親節的教堂紀念儀式。

第二年，在費城她生活和工作的地方她正式宣佈：五月的第二個星期天為母親節——這是首先確立母親節的城市。又過了三年，在西佛吉尼亞州安娜的母親居住過的地方，她又把母親節變成了全州性的節日。

又一年以後，安娜獲得了最大的成功：美國國會通過了一項被稱為「合眾國第二十五號決議」的公告，把五月的第二個星期天永久確立為整個美利堅合眾國的母親節。

但是，安娜並不滿意——事實上她生氣了。母親節雖然確立了，但它已不再是孩子們向母親表示謝意和敬意的純樸的時刻。相反，它變成了商業的慶典——商店慫恿人們幫他們的母親購買大量貴重禮物的大好時機。

商店大做廣告，讓人們覺得，如果不送給母親一張特別的、昂貴的母親節賀卡，或者一些鮮花，那就是罪過。商店告訴孩子們，他們應該幫母親買華貴的

穿戴，或者新奇的家庭擺設，來顯示他們對母親的愛。母親節成了一種責任或債務，而不是對母親的愛和感激之情的自由表達了。

安娜決心與這種商品化的傾向進行抗爭。這時她已經五十歲了。

她辭去了在保險公司的工作，把她的餘生全部用來抵制那一天——她本是出於對母親的敬意才建立起來的日子的商品化傾向。她辭職時領到了十萬美元，她把這筆錢全部用來促使人們重新回到母親節的初衷上去。無論在哪兒發現適當的機會，她都要前去向人們宣導。但是，她根本改變不了那些商人的想法，她更改變不了美國社會的已經商品化了的習慣。因為大多數人發現，與其花費時間去探望母親，和她聊聊天，幫她洗洗餐具、做點家務事，並且直接告訴她「我愛你，媽媽」，倒不如買一張母親節賀卡，或者一些鮮花、糖果送給她來得更容易。

「你應該送她有用的東西，有永久意義的東西。」安娜說，「許多母親睡在比石頭還硬的床墊上。也許她需要一副新眼鏡，需要舒適的鞋子，或者需要更好的照明設備。她晚上睡得暖和嗎？是不是有保暖的被子蓋了？或許她的樓梯需要修理了。做子女的應當關心這些。」

安娜一刻也沒有停息。她不停的講，不停的呼籲，不停的寫，一直到有一天，她太老了，老態龍鍾，精疲力竭，再也說不出一句話來。她雙目失明，兩耳失聰；她錢財罄盡，一文不名。賓夕法尼亞州政府在老人之家為她找了間屋子住下。老人之家就坐落在費城郊外的西賈斯特。然而，在那兒期間，直到一九四八年十一月安娜離開人世，她的家人在母親節的時候一次也沒有來看望過她。

這個故事令人悲哀的是：儘管安娜・梅・賈維斯發起了母親節，並為保持其純潔的意義而奮鬥了一生，但她個人卻從未得益於其中。

安娜終身未婚，也從未做過母親；她沒有任何兒女在母親節那天來向她表示他們的愛。她完全是為別人——那些做了母親或將要做母親的人，那些將要為她們的孩子而度過一生的人，耗盡了全部的生命。

母親為我們操勞一生，需要的不是我們物質上的回報，而是情感上的安撫和慰藉。

母親和兒子的帳單

小彼得是一個商人的兒子，有時他會到他爸爸做生意的商店裡去瞧瞧，店裡每天都有一些收款和付款的帳單要辦。彼得往往被派遣把這些帳單送往郵局寄出，他漸漸覺著自己似乎也成了一個小商人。

有一次，他忽然想出了一個主意：也開一張帳單寄給他媽媽，索取他每天幫媽媽做事的報酬。

某天，媽媽發現在她的餐盤旁邊放著一份帳單，上面寫著：

母親欠她兒子彼得如下款項：

取回生活用品二十芬尼；把信件送往郵局十芬尼；在花園裡幫助大人工作二十芬尼；他一直是個聽話的好孩子十芬尼；共計：六十芬尼。

彼得的母親收下了這份帳單並仔細地看了一遍，她什麼話也沒有說。

晚上，小彼得在他的餐盤旁邊看到了他所索取的六十芬尼報酬。正當小彼得如願以償，要把這筆錢收進自己口袋時，突然發現在餐盤旁邊還放著一份給他的帳單。

他把帳單展開讀了起來。

彼得欠他的母親如下款項：

在她家裡過的十年幸福生活0芬尼；為他十年中的吃喝0芬尼；為在他生病時的護理0芬尼；為他一直有個慈愛的母親0芬尼；共計：0芬尼。

小彼得讀著讀著，感到羞愧萬分！過了一會，他懷著一顆忐忑不安的心，躡手躡腳的走近母親，將小臉蛋藏進了媽媽的懷裡，小心翼翼的把那六十芬尼塞進了她的圍裙口袋。

我們總是對父母要求太多。你是否該想一想自己能為父母做些什麼？

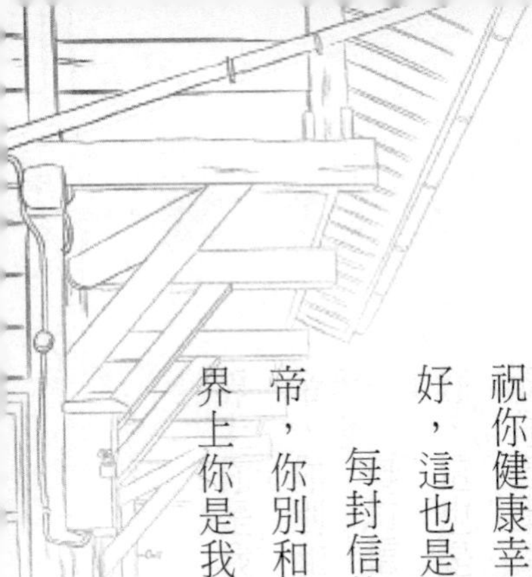

一張三盧布的紙幣

母親來信了。

在初來城裡的日子裡，瓦西總是焦急的等待著母親的來信，一收到信，便急不可待的拆開，貪婪的讀著。半年以後，他已是無精打采的拆信了，臉上露出不屑的冷笑——信中那老套的內容，不用看他也早知道了。

母親每週都寄來一封信，開頭總是千篇一律：「我親愛的寶貝小瓦西，早上(或晚上)好！這是媽媽在給你寫信，向你親切問好，帶給你我最誠摯的祝福，祝你健康幸福。在這封信裡首先要告訴你的是，感謝上帝，我還活著，身體也很好，這也是你的願望。我還急於告訴你：我日子過得很好……」

每封信的結尾也沒什麼區別：「信快結束了，好兒子，我懇求你，我祈禱上帝，你別和壞人混在一起，別喝伏特加，要尊敬長者，好好保重自己。在這個世界上你是我唯一的親人，要是你出了什麼事，那我就肯定活不成了。信就寫到這裡。盼望你的回信，好兒子。吻你。你的媽媽。」

因此，瓦西只讀信的中間一段。一邊讀一邊輕蔑的蹙起眉頭，對媽媽的生活興趣感到不可理解。盡寫些雞毛蒜皮，什麼鄰居的羊鑽進了帕什卡•沃羅恩佐的園子裡，把他的白菜全啃壞了；什麼瓦莉卡•烏捷舍娃沒有嫁給斯傑潘•羅什金，而嫁給了科利卡•紮米亞京；什麼商店裡終於運來了緊俏的小頭巾——這種頭巾在這裡，在城裡，要多少有多少。

瓦西把看過的信扔進床頭櫃，然後就忘得一乾二淨，直到收到下一封母親淚痕斑斑的來信，其中照例是懇求他看在上帝的面上寫封回信。

瓦西把剛收到的信塞進衣兜，走過下班後變得喧鬧的宿舍走廊，走進自己的房間。

今天發了工資。小夥子們準備上街：忙著熨襯衫、長褲，打聽誰要到哪兒去，跟誰有約會等等。

瓦西故意慢吞吞的脫下衣服，洗了澡，換了衣。等同房間的人走光了以後，他鎖上房門，坐到桌前。從口袋裡摸出還是第一次領工資後買的記事本和圓珠

筆，翻開一頁空白紙，沉思起來……

恰在一個鐘頭以前，他在回宿舍的路上遇見一位從家鄉來的熟人。相互寒暄幾句之後，那位老鄉問了問瓦西的工資和生活情況，便含著責備的意味搖著頭說：「你應該給母親寄點錢回去。冬天眼看就到了，家裡得請人運木柴，又要劈，又要鋸。你母親只有她那一點點養老金……你是知道的。」

瓦西自然是知道的。

他咬著嘴唇，在白紙上方的正中央仔仔細細的寫上了一個數字：一百二十六。然後由上到下畫了一條垂直線，在左欄上方寫上「支出」，右欄寫上「數目」。他沉吟片刻，取過日曆計算到預支還有多少天，然後在左欄寫上：十二，右欄寫一個乘號和數字四，得出總數為四十八。接下去就寫得快多了：還債——十盧布，買褲子——三十盧布，儲蓄——二十盧布，電影、跳舞等——四天，一天二盧布，八盧布，剩餘——十盧布。

瓦西哼了一聲：「十盧布，給母親寄去是很不像話的，村裡人准會笑話。」

他摸了摸下巴，毅然劃掉「剩餘」二字，改為「零用」，心中叨咕著：「等下次領到薪資再寄吧！」

他放下圓珠筆，把記事本揣進口袋裡，伸了個懶腰，想起了母親的來信。他打著哈欠看了看錶，掏出信封，拆開，抽出信紙，當他展開信紙的時候，一張二盧布的紙幣輕輕飄落在他的膝上……

真可謂「可憐天下父母心」。如果我們也能像爸爸媽媽關心我們一樣去關心他們，這個世界將會變得更加的美好！

她已經忘了十二年

有一次，桑托順便到郵政總局給朋友拍電報。在他身邊坐著一位老太太，她把頭低低的俯在電報紙上。她在上面寫了些字，隨後把電報紙拿到眼前，眯著眼睛看。看過之後，把紙揉成了一團，又拿了一張新的重新填寫，寫完了又揉成一團，然後又伏在桌子上，想要再填寫一張。

桑托要幫助這位老太太填寫，可是她怎麼也不肯。她自己又拿了一張電報紙，打算再重新填寫。後來她歎了口氣說：「我就住在這附近，可是，往五層樓上爬很吃力，不戴眼鏡又寫不了……您若是不急著走的話，請替我寫一下。」

桑托拿過來電報紙，老太太一字一句的說出地址。然後，沉默片刻，歎息的說：「請寫上：親愛的媽媽，祝賀您的生日。到我們這兒來吧！吻您。薇拉．娜嘉．謝爾蓋。」

桑托看了看老太太，問她：「您的媽媽還健在？」

老太太很不愉快的冷笑一下說：「媽媽——就是我。」

「啊？」

「明天是我的生日，女兒她很可能忘了給我拍賀電，因此，我就決定……免得鄰居們責怪她。她是我的好女兒，大家都很尊重她，她在摩爾曼斯克當主任工程師。」

桑托想像得出來，她的女兒一定是整天很疲勞，很操心的人。在班上和在家裡都有好多事情要做。可能，女兒過去有時候忘記了給媽媽拍賀電，老年人就會抱怨：「你看，孩子們不需要我了，把我忘記了……」

「女兒不會忘記向您祝賀的。不過臨時有事總是免不了……」

老太太抬起一雙憂傷的眼睛望著桑托，低聲說：「她已經忘記十二年了。」

桑托對老人家還能說什麼呢？能用什麼語言來安慰她？是不是要責怪她的女兒呢！雖說這是有理由的。可是，老太太已經平靜下來，她對他說：「對不起，請您幫我買一張帶玫瑰花的賀電專用電報紙，我的女兒做任何事都喜歡漂亮的……」

父母為兒女考慮得是那麼周到，那麼無微不至；兒女又為父母想了些什麼，做了些什麼呢？

三袋米包含的父愛

爸從鄉下來，坐了一天的車，送來一袋米。

爸說：「這是今年的新米，帶給你們嘗嘗。」妻笑著說：「謝謝爸爸。」

晚飯是用爸帶來的新米煮的。「哇，真香！」妻對爸說，「這米比我們買的好吃。」爸開心的笑了：「我們自個種的，還能不好嗎？」

晚上，妻對我說：「爸也真是的，從大老遠來，為的只是送一袋米。」我說：「這是爸的一番心意。」妻感動的說：「爸真好。」

一個月以後，爸又來了，坐了一天的車，又送來一袋米，爸說：「我在電視上看到城裡竟然有人賣有毒的米，還是家鄉米放心。」妻說：「爸我們吃的是超市買來的米，人家有信譽保證呢！」

爸憨憨地笑了。

妻把我拉進廚房，說：「你跟爸說，往後別送米來了，來回車費四五百塊，

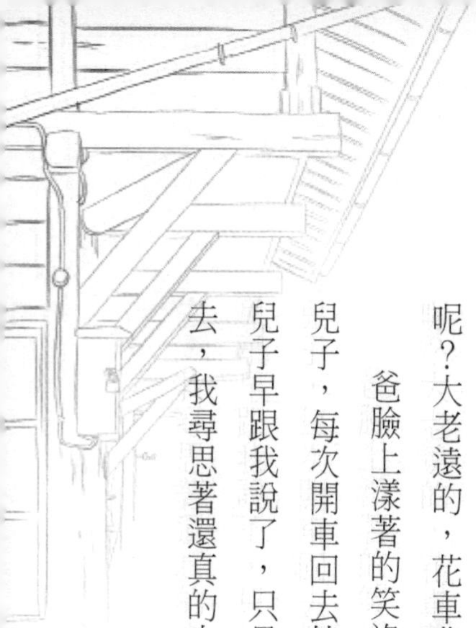

爸也不算算，這麼一折騰，米都什麼價了。我們剛剛貸款買了房子，爸也不想著替我們把錢省著點。」我笑著說：「你以為爸和你一樣是學經濟管理，懂得成本核算啊！」

吃飯時，我對爸說：「您往後別送米來了，吃不完沒地方放。」爸不做聲，埋頭吃飯。妻擠眉弄眼的朝我笑。

第二袋米還沒吃完，爸又來了。坐了一天的車，送來一大袋米，比上次那袋多出了一半。

妻不高興了，在廚房裡一個勁的埋怨我。爸正在客廳看電視。

我把爸叫到房間裡，說：「跟您商量件事，您往後就別送米來了，好不好呢？大老遠的，花車費不說，人也折騰的累，不值得。」

爸臉上漾著的笑沒了，一臉難色。他說：「你不曉得，老家隔壁，你李嬸的兒子，每次開車回去接她到城裡，李嬸總要問我什麼時候到城裡玩，我說：『我兒子早跟我說了，只是我捨不得丟下那塊地。』秋收了，閑了，再找理由說不過去，我尋思著還真的來，但我不能空手啊，車費不能白花，鄉下沒稀罕的東西，帶點米免得你們買。兒子啊，你的話爸懂，爸曉得你們的難處，爸這次回去，可以跟你李嬸說城裡我都去了三次了，我都玩膩了。只是爸沒想到會鬧得你們不開心。」

爸低著頭，那神情就像犯了錯而不知所措的孩子。我心裡發酸，一陣沉默。

爸突然抬頭說：「兒子呀，其實，爸是真的想你們哪！」

爸的聲音哽咽了。

晚上，我給妻講老家的鄰居李嬸，講老爸的經濟學觀點，講老爸的眼淚。

妻哭了，摟著我，輕輕的說：「等我們經濟條件好些，就把爸接來吧！」

故事中的父親送來的豈止是三袋米？其中為兒子著想的摯愛親情更讓人感動。

賽場上的母親

切默季爾的全家都住在山區，她的丈夫是個老實的莊稼漢，除了種地一無所長。一年前，切默季爾還一籌莫展，經常為無法供給四個孩子學費暗自傷心。丈夫抽著悶煙安慰她：「誰叫孩子生在窮人家，認命吧！」

如果孩子們不上學，只能繼續當窮人的命運！難道只能認命？她不甘心。當地盛行長跑運動，名將輩出，若是取得好名次，會有不菲的獎金。她還是少女時，曾被教練相中，但因種種原因未果。此刻，她腦中靈光一閃：不如去練馬拉松！

馬拉松是一項極限運動，堅強的意志和優秀的身體素質缺一不可。她已超過了二十五歲，沒有足夠的營養供給，也從未受過專業基礎訓練，憑什麼取勝？冷靜之後，她也膽怯過，可是除此之外別無他途。如果連做夢的勇氣都沒有，那現狀將永無改變的可能。

丈夫最後也同意了她大膽的「創意」。第二天凌晨，天還黑著，她就跑上崎嶇的山路。只跑了幾百米，她的雙腿就像灌了鉛一般。停下喘口氣，她接著再跑。

與其說是用腿在跑，不如說是用意志力在跑。跑了幾天，腳上磨出無數的血泡。她也想打退堂鼓，但回家一看到嚷著要讀書的孩子，她又為自己的懦弱感到羞愧。

不能退縮！她清楚的知道，這是唯一的一線希望！

訓練強度逐漸增加，但她的營養遠遠跟不上。有一天，日上竿頭，她仍然沒有回家，丈夫擔心她出事，趕緊出門尋找，終於在山路上發現了昏倒在地的妻子。

他把妻子背回家裡，孩子們全都圍了上來，大兒子哭著說：「媽媽，不要再跑了，我不上學了！」她握著兒子的小手，淚水像斷了線的珍珠不斷湧出，一言不發。次日一早，她又獨自一人，在寂靜的山路上跑著。

經過近一年的艱苦訓練，切默季爾第一次參加國內馬拉松比賽，獲得了第七

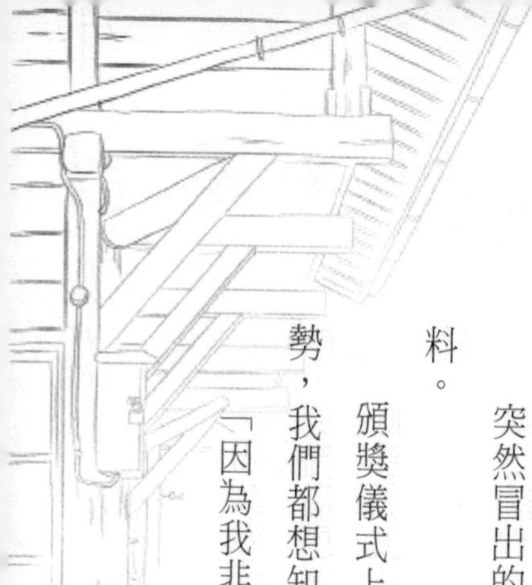

名的好成績，開始嶄露頭角。有位教練被她的執著深深感動，自願指導她，使她的成績更加突飛猛進。

終於，切默季爾盼到了奈洛比國際馬拉松比賽。為了籌措路費，丈夫把家裡僅有的幾頭牲口都賣了，這可是家裡的全部財富……發令槍響後，切默季爾一馬當先跑在隊伍前列，這是異常危險的舉動，時間一長可能會體力不支，甚至無法完成比賽。但為了孩子，為了家庭，她豁出去了。

或許上帝也被切默季爾的真誠所感動。她一路跑來，有如神助，二小時三十九分零九秒之後，她第一個躍過終點線。那一刻，她忘了向觀眾致敬，趴在賽道上淚流滿面，瘋狂的親吻著大地。

突然冒出的黑馬，讓解說員不知所措，手忙腳亂，忙了好半天才找齊她的資料。

頒獎儀式上，有體育記者問她：「您是個業餘選手，而且年齡處於絕對劣勢，我們都想知道，究竟是什麼力量讓您戰勝眾多職業高手，奪得冠軍？」

「因為我非常渴望那七千英鎊的冠軍獎金！」此言一出，場下一片譁然。

她的話太不合時宜，有悖於體育精神。切默季爾抹去淚水，哽咽著繼續說：「有了這筆獎金，我的四個孩子就有錢上學了，我要讓他們接受最好的教育，還要把大兒子送到寄宿學校去。」喧鬧的運動場忽然寂靜，人們這才明白，原來，孩子才是她奔跑的力量。瞬間，場下響起雷鳴般的掌聲，那是人們對冠軍最衷心的祝賀，也是對母親最誠摯的祝福。

愛是一種巨大的力量。對孩子的愛所產生的力，能夠激發一個母親的潛能，去戰勝一切困難，走向輝煌的人生。

如果能讓父親回來

電視臺正在播放一檔新節目，名為《超越極限》。參賽者被選中後，必須在規定時間內吃掉一盤讓人毛骨悚然的食物——活的蚯蚓、蜘蛛……場面刺激，直接挑戰人的嘴、胃和心理承受能力。

那期節目從頭到尾，嘗試者不乏其人，但幾番努力，終於還是敗下陣來，到最後竟無一人過關。

妻說：「若換成我，我也是無論如何都吃不下去，真是噁心。」在女人中，妻算是勇敢的了，一次在車上遭遇小偷，人人明哲保身，視而不見，唯有妻挺身而出，把背包甩過去，將小偷的刀打落在地。

「那要是給你很多錢呢？」我故意問，「比如說兩萬，你敢不敢吃下去？」

妻毫不猶豫的搖頭。

「兩萬太少，要是兩千萬呢？一輩子錦衣玉食，你吃不吃？」我接著尋找可能的條件。

妻想了一會兒，仍搖頭：「確實誘人。但要真吃下那盤東西，我想我下半輩子再也吃不下任何東西了。生無樂趣，要那麼些錢有什麼用？」

我笑：「如果發生災難，不幸被壓在石堆下等待救援，無食無水，只有這些東西可以維生，我想那時候任何人都吃得下去了。」

妻說：「也許那時我會吃吧，餓得暈頭轉向，求生的本能會戰勝一切恐懼和噁心。」

「所以說想要超越極限，必須將人置於死地，否則人的潛能就不會發揮到極致。」我得意的作總結。

妻沉思著。

良久，她開口，一字一頓：「有一種條件，我一定會將它整盤吃下去，毫不勉強，心甘情願。」

我問：「什麼？」

妻說：「如果能讓父親回來。」

妻的父親去年因肝癌去世，妻在病榻前陪伴數月，用盡所有辦法，卻始終無力回天，眼睜睜看著父親懷著對人世無比的留戀而離去。那一段刻骨銘心的記憶遂成妻心口永遠的痛，時至今日，每每午夜夢回，淚濕枕巾，常說又見到父親笑容依舊，宛如生時。

「如果能讓父親回來，那算得了什麼呢？」妻的眼眶紅了，臉上卻透著堅定。

我聽著妻的話，一顆心不由得被深深震撼了。

原來，許多時候，能讓我們超越極限的力量，不是名利，不是財富，甚至連自己的生命都不是，而是在血管裡湧動、一次次漫過心底的愛啊！

媽媽我愛您

有一年的寒假，一位老師給他的學生們出了一道作業：回家為父母洗一次腳。

寒假過去了，老師感覺到，在很多學生身上有著某種微微的變化——比過去更加自信和快樂了。

「寒假作業做了嗎？」參加此次活動的學生之間相互詢問這樣一個問題。但回答一般只有「做了」或者「沒有」。儘管大家都在沉默，但「洗腳作業」還是觸動了大家內心一些微妙的感覺。

在一次班會上，在老師和班長的帶動下，大家終於敞開心扉，紛紛訴說自己的感觸。

小薇的父母聽到這件事，第一個反應就是推辭。小薇耐心的解釋：「媽媽，這是學校出的作業，我必須完成，所以讓我為您洗一次腳吧！」媽媽終於同意

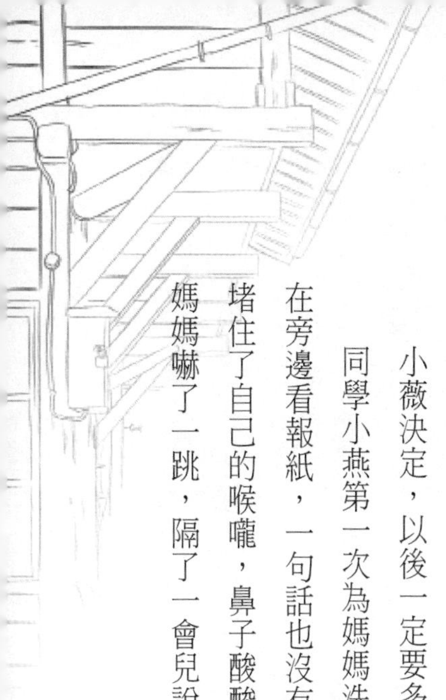

了。

這天晚上，小薇打來水。母女之間突然什麼話也沒有了，唯有電視的聲音還在響著。媽媽的腳放入水中。那一瞬間，小薇的手碰觸到媽媽腳上粗糙的老皮。

小薇心裡感歎：「媽媽年輕的時候很漂亮，現在的她真的老了很多。好像很久都沒有跟媽媽這麼近的接觸過了。從高中開始就住校，學校離家遠，一個月難得回家一次，回家也只是要錢或拿點日用品。媽媽老得這麼快，整個人看起來又疲憊又蒼老，可是一直以來我都沒有主動關心過她！」

腳洗了大約十分鐘，小薇一直低著頭，沒敢看媽媽，她怕自己忍不住哭起來。媽媽也沉默著，大概也想起了很多事情。

小薇決定，以後一定要多關心媽媽，為媽媽做力所能及的事情。

同學小燕第一次為媽媽洗腳的時候也沒敢抬頭，她怕自己感情失控。爸爸坐在旁邊看報紙，一句話也沒有說，氣氛突然變得有點緊張。小燕覺得有什麼東西堵住了自己的喉嚨，鼻子酸酸的。她突然對媽媽說：「媽媽，我愛您。」爸爸、媽媽嚇了一跳，隔了一會兒說：「我們也愛你。」

小燕說完這句話突然趴在媽媽的膝蓋上大哭起來，媽媽撫摸著她的頭，爸爸也過來輕輕拍著她的肩膀。那天晚上，小燕一家三口在親密的氣氛中說了很長的話，家裡的燈一直溫暖的亮著。

還有很多同學都表示有類似的經歷，因為這一次洗腳，他們與父母的關係更加融洽，也更加深刻的體會到家庭的溫暖。

我們對父母似乎總是不好意思說愛，但是在外國電影裡，經常見到這種鏡頭：多年不見的女兒輕輕抱著年邁的母親，輕聲說一句——媽媽你知道嗎，我是多麼的愛你。

也許有人覺得愛是一個矯情的詞，尤其對於自己的父母，更是不好意思說出來。

其實，心中的愛是應該表達出來的。

擁抱母親

母親病了，住在醫院裡。我們兄弟姐妹輪流去照顧母親。輪到我照顧母親那天，護士進來換床單，叫母親起來。母親病得不輕，下床很吃力。我趕緊說：「媽，您別動。我來抱您。」

我左手攬住母親的脖子，右手攬住她的腿彎，使勁一抱，沒想到母親輕輕的，我用力過猛，差點朝後摔倒。

護士在後面托了我一把，責怪說：「你那麼用力幹什麼？」我說：「我沒想到我媽這麼輕。」護士問：「你以為你媽有多重？」我說：「我以為我媽有一百多斤。」護士笑了，說：「你媽這麼嬌小，別說病成這樣，就是年輕力壯的時候，我猜她也到不了九十斤。」母親說：「這位姑娘真有眼力。我這一生最重的時候只有八十九斤。」

母親竟然這麼輕，我心裡很難過。護士取笑我說：「虧你和你媽生活了幾十年，眼力這麼差。」我說：「如果你跟我媽生活幾十年，你也會看不准的。」護士問：「為什麼？」我說：「在我的記憶中，母親總是手裡拉著我，背上背著弟弟，肩上再挑一百多斤的擔子翻山越嶺。我們長大後，可以工作了，但每逢有重擔，母親總是叫我們放下，讓她來挑。我一直以為母親力大無窮，沒想到她是用八十多斤的身體，去承受那麼多重擔。」

我望著母親瘦小的臉，愧疚的說：「媽，我對不起您！」護士也動情的說：「您真了不起。」母親笑一笑說：「提那些事幹什麼，哪個母親不是這樣過來的？」護士把舊床單拿走，鋪上新床單，又很小心的把邊角拉平，然後回頭吩咐我：「把媽媽放上去吧，輕一點。」

我突發奇想的說：「媽，您把我從小抱到大，今天我也抱著您入睡吧！」母親說：「快把我放下，別讓人笑話。」護士說：「您就讓他抱一回吧！」母親這才沒有做聲。

我坐在床沿上，把母親抱在懷裡，就像小時候母親無數次抱我那樣。母親閉上眼睛，我以為母親睡著了，準備把她放到床上去。可是，我看見有兩行淚水，

從母親的眼角流了出來。

多年之後，才突然間明白母親那份濃濃的愛，此時擁抱媽媽，對媽媽說愛，為時不晚。而另外一些人，恐怕是根本就沒有想到父母的需要，他們從來就是愛的接受者而不是付出者。

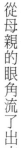

鞠躬行禮

今天是我十六歲的生日，但我並沒有感到快樂。本來想邀請幾個朋友去唱歌聚餐的，爸爸卻偏偏請了叔叔和阿姨，說要出去慶祝一下。坐在計程車上，看著爸媽笨手笨腳的姿態，我感到很難堪，司機肯定一眼就看出他們不常搭車了。不少同學家裡都有轎車了，而爸媽仍然騎著老式自行車。

終於到了聚餐的地方，我一看更加失望了，原本以為爸媽難得一回興致高，應該會去一個豪華的飯店，誰知竟是如此普通的餐館。我同學過生日的時候，他爸媽請他到五星級飯店吃西餐！

餐桌上，四個大人沉悶的談著一些陳年往事，仿佛他們到這裡來，不是為了給我過生日，而是為了敘舊。我坐在一邊生悶氣，一句也不想說。想像中的生日驚喜一點跡象都看不出來，除了那盒貌不驚人的蛋糕，但是它也算得上驚喜嗎？它現在暫時擱在餐館的窗臺上，孤零零的。我想起來了，它是從門前那矮小的麵

包店裡買來的，一點也不氣派。

吃完飯，清理乾淨桌面，蛋糕終於擺上來了，上面用人造奶油鬆垮垮的寫著四個字：「生日快樂」，連我的名字都沒有。是不是少寫幾個字，就能省點兒錢？

蠟燭被我吹熄後，媽媽小心翼翼的把它們拔出，擦淨，用原來的包裝盒重新裝好，喃喃道：「還能用呢！」

「天哪！不會等到明年再繼續用吧！」我想著。

爸爸開始切分蛋糕。第一塊竟然給了阿姨，第二塊給了叔叔，第三塊才給了我。天哪！今天到底是不是我生日！

我繃著臉，抓起叉子，準備把蛋糕狠狠吞進肚中。猛然間聽見爸爸讓我起立，「向叔叔阿姨行禮。」我很茫然，不情願的起來，兩眼斜視，望著牆壁。這時爸爸說，十六年前生我那天，是阿姨送媽媽去醫院的。

噢，原來如此，那就行個禮吧！

阿姨慌忙阻攔說：「孩子，你應該給你母親行禮。你母親身體不好，冒險懷了你實在不是一件容易的事。你要為母親自豪，她很堅強，她讓你來到世上。」

母親有些激動，坐不安穩，被桌子碰了一下，露出痛苦的神色。原來，前幾天她冒雨騎車上班的路上，不慎跌傷了腿。她眼角的皺紋比往日更深，但樸素的衣著卻格外美麗合體。她此刻目不轉睛的看著我，慈祥、愛憐。

我感到臉頰發燙，鼻子酸酸的，想哭。

我把椅子拉開，使空間增大一些，然後，深深的給媽媽鞠了一個躬，又深深的給爸爸鞠了一個躬。

我攥住拳頭，用指甲緊扣手心，暗自決定：「今後每逢生日，都要鄭重鞠躬，感謝父母，感謝生命，感謝一切有助於我生命的人。」

自己從零開始，然後知道了一二三；從爬開始，然後學會了站；從咿呀學語開始，然後學會了讀書求學……這個漫長的過程多麼艱辛啊！其間少不了風風雨雨、跌跌撞撞。母親給了自己生命，父親給了自己成長，親朋好友給了自己莫大的關懷。這一切的一切，怎麼能夠忘記呢？沒有陽光，萬物皆滅；沒有清泉，生

命皆枯萎。

所以，在你生日那天，請多想想到你的母親吧！想想她愛憐溫柔的眼睛，想想她永遠寬容的懷抱。想想父親無怨無悔的付出，想想他隱隱出現的白髮。

母親的胃口

鄉下母親經常到縣城趕集，然後順便來我家坐坐，常被我和妻子挽留著吃飯，也不知怎麼搞的，在鄉下胃口一向很好的母親卻吃不下多少飯菜。有時不斷的勸她多吃點，但她總推脫說「吃飽了」，便放下碗筷。

我感到很奇怪，母親在鄉下辛勤勞作，胃口好得很，忙完農活餓了吃三四碗飯是常事。我在鄉下時常聽母親談起她有一次去城裡某親戚家，吃飯時見飯碗只有拳頭那麼點大，盛上的飯不及鄉下大碗的三分之一，心裡就擔心那點飯怎麼吃得飽呀！母親說我們鄉下人在城裡人家做客得講禮數，要是像平時那樣吃的話，吃上十碗八碗也沒問題。

母親每次來，我都會換上稍大的碗吃飯，但母親就是吃不了多少。是飯菜不合口味，還是母親的食量已減少到了如此程度？有一次，父親偶然對我說：「你媽每次到你那裡回來都要吃很多飯。」我再三追問父親是怎麼回事，父親才在反

覆叮囑我「不要告訴你媽是我說的」後道出了實情。原來，母親年紀大了，牙齒不如以前好，吃東西比以前慢得多；而我和妻子正年輕，三兩下便吃完一頓飯，母親不好意思一個人慢慢的在飯桌上吃。我終於恍然大悟，我想起小時候到親戚家，母親總要再三告誡我不要最後下餐桌，否則人家會笑你憨吃傻脹。作為農民的母親，一些純樸的觀念已經根深蒂固的存留在了骨子裡。

此後母親再來吃飯時，我和妻子總要放慢吃飯速度，而母親竟能吃下不少的飯菜。如今想來，我們每個人小的時候不也是在母親的呵護下，慢慢的一口一口的吃飯嗎？我們為什麼不能在母親年老時陪一下呢！

母親是我們從之索取的最多的，但母親卻又是最容易滿足的，只需兒女對她發自真心的一個微笑、一句話語。父母總是不圖兒女為家裡做出多大的貢獻，但兒女應該為父母在精神和心理上多做些什麼呢？

騷擾電話

公司新分發了一間宿舍，我們一家三口滿心歡喜的搬了進去，留下老母親一個人獨自守在老家。也曾想與老母親一同搬進新房，但妻子早就與母親鬧僵，兒子也不願與嘮叨的奶奶在一起，因此只好作罷，只哄說今後每星期一定回老家來看母親。

我們的心情隨著新房明快起來，生活充滿了歡聲笑語，記憶中的老家也漸漸生疏模糊起來，也懶得再去走動。一天，我從外地出差回來，妻子告訴我說家裡經常有莫名其妙的電話打來，剛一接對方馬上就掛斷了，實在是十分詭異。我說：「時下有些年輕人閒得無聊，專愛聽女人聲音求刺激，騷擾別人，你別管它。」但不久我也接連不斷的接到此類電話，有時夜深人靜正伏案寫作，電話鈴響了，剛一聲「喂」，對方頓了一下，馬上就又掛斷了電話，弄得我靈感頓失，有時忍不住一陣臭罵。

一個星期天，一家人忙著準備晚飯，我備好錢正準備下樓買醬油，電話鈴聲又響了，接通後對方頓了一下便掛斷電話，我十分火大，心想明天一定要裝上來電顯示功能的電話，看到底是誰在搗亂，告他個騷擾罪。當我氣呼呼下樓時，突然見到樓梯底下有一黑影猛一閃，讓急欲出門的我嚇了一跳，但一見那人步履蹣跚，我便喊一聲「站住」，往前攔住對方的去路一看，我嚇壞了：「啊，是母親！」

母親一見我，趕緊低下頭，說：「對不起，我不該打電話騷擾你們，讓你下樓看我。」我更覺得奇怪了，我問母親難道這些電話都是您打的？母親的頭更低了，說：「有時太想念你們，但又不敢常來看你們，只好打個電話聽聽你們的聲音，心裡就踏實多了。」又說，「偶爾幾天家裡電話沒人接，就放心不下，心想是不是家裡出了事？也不來通知我一聲。有時我很晚仍聽出你在讀書寫字，真想勸你多保重身體，但你總嫌囉唆只好悶在心裡，每個星期天，我都搭車到你新家樓下，聽到你們一家三口的歡聲笑語，心裡真是甜蜜無比。」

我一下子什麼都明白了，霎時淚水模糊了我的雙眼，母親愣愣的看著我，兩行清淚也不由自主的落了下來。我緊緊拉住母親那佈滿老繭的手，倆人攙扶著一步一步上樓，直到邁進那溫暖的家裡，仍不捨得分開。

孝敬，我們經常掛在嘴上，但在生活的細枝末節上卻經常忽略。一個人小的時候偎依在母親的懷中，母親知道我們的需要。長大之後離開了母親的懷抱，卻又忘了母親的需要。給自己的母親一個擁抱吧！挽起她的手，給她一個實實在在的微笑。

一束花所帶來的魔力

幾年前，維斯在醫院住了一個月，在他住院的那段時間，他的同事為他分擔所有的工作，且不時來探望他，還送他花及卡片鼓勵他早日康復。而當維斯出院回到公司上班時，更是受到同事們熱情的歡迎。當他複檢時，他們也依然很熱心的幫助他。他們對自己這麼好，維斯決定要好好的謝謝他們，以表達心中的感激。

一天午餐的時候，維斯在他最喜歡的花店老闆那兒買了擺在櫥窗裡最美麗的一束花。維斯要她幫自己送給他住院時特別關照自己的一位同事，且在卡片上寫著「只是因為」，卻不署名，並請求花店老闆為他保守秘密。

當維斯精心安排的花送達時，他同事的臉上看起來容光煥發。那天下午辦公室裡更是顯得興奮異常，每個人都很好奇她的愛慕者是誰，而只有維斯獨自在一旁很開心。

隔天午餐時，維斯又安排送花給另一位很和藹可親的同事一束花，並且一樣只在卡片上留下「只是因為」幾個字。而第三天，維斯繼續如法炮製的又送第三束花給一位同事。

誰能想到一束花所帶來的魔力啊！維斯製造的迷霧讓他的同事紛紛打電話向花店詢問送花者是何許人也，他們都想知道那位不留名的神秘人物到底是誰。但是，花店的老闆沒有透露半點口風。

一種奇妙的氣氛籠罩著辦公室，整個部門的人都想盡辦法想要解開謎底。維斯的同事每天都在猜今天誰會收到花，而且都會對那天的幸運者投以注意及羨慕的眼光。也因為送花竟能帶給辦公室這麼多的溫馨及快樂，這讓維斯欲罷不能。偶然間，他聽到一位男同事說：「男人不喜歡花——真慶幸我沒有收到花。」

隔天，那位男同事便收到了一束同樣寫有「只是因為」的卡片及花，而當此事發生時，他的臉上因榮耀感而脹得鼓鼓的，他襯衫上的扣子幾乎都快被撐掉了。送花的行動繼續讓辦公室充滿快樂的氣氛。每一天同事都在等待著維斯安排送來的花，且猜測下一位收到「只是因為」卡片的接受者，而送花小姐也和他們

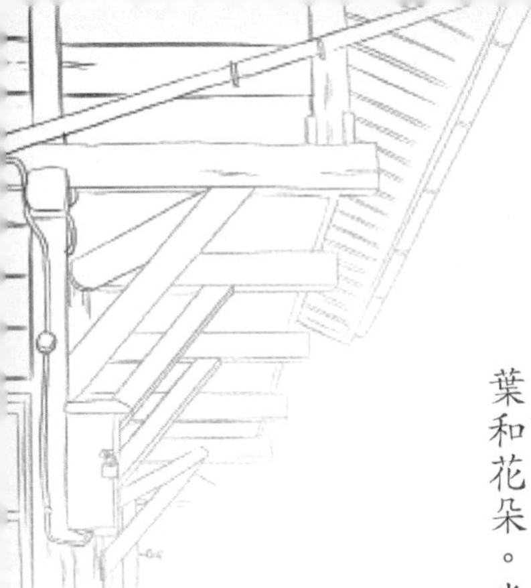

一樣，每天都很想知道下一位幸運者是誰。每天中午過後，維斯的同事都等著接花店打來的電話，通知他們誰是今天幸運的收花人。

隨著彌漫在他們部門的歡樂及好奇也散播到了其他的部門時，喜悅充滿了維斯的心，因為「只是因為」所帶來的喜悅，讓所有的人都感受到了快樂和被愛，而這件事整整持續了三個禮拜。

維斯永遠都不會忘記同事們收到「只是因為」花束和卡片的特殊禮物時，臉上所泛的笑容，沒有一件事能比得上他們回饋給他的和善與喜悅使他更欣慰。

友誼的甘露如同小溪，滲入世間的塵土，快活的穿過千萬棵小草，滋潤著枝葉和花朵。當你帶給了別人歡樂和滿足，你也一定會得到同樣的回饋。

為了好夥伴而爭取的冠軍

進入病房，索普才完全清楚好夥伴邁克爾的狀況。邁克爾曾經是運動俱樂部裡他那個年齡層最活躍的自行車賽冠軍。不料，他取得冠軍的第二天，醫生告訴他家人，他得了一種被稱作非何傑金氏的淋巴瘤侵襲的癌症。當天晚上他被送進悉尼兒童醫院。經檢查，他腹部有一個三點六公斤重的腫瘤，腎衰竭，而且癌細胞已擴散到他的脊椎和大腦。他正在進行靜脈注射，渾身上下插著各種導管。他母親坐在兒子床邊啜泣。死亡似乎只是幾小時之後的事。

從醫院回來，索普傷心了好幾周。每天他從游泳訓練館訓練完一回到家，就把自己關進房間。

第一次探望後，索普一直想要再去，但始終未去成——每次訓練完後幾乎沒剩什麼時間了。

有一天，他與隊友們去鄉下看過他們的贊助商後突然失蹤了。他的代理人在

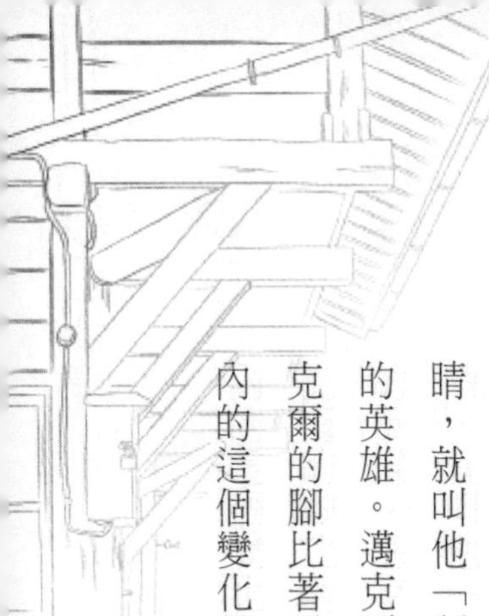

他所能想到的地方都打去電話，仍未找到。

索普偷偷跑到了兒童醫院。

邁克爾眨著眼睛，從那個模糊不清的身影，認出了索普。邁克爾發出一聲尖叫：「伊恩・索普！」對於一個早已被麻醉劑弄得神志模糊，被化學療法弄得噁心翻滾的小孩來說，這真不是件容易的事。邁克爾笑了。

由於要往脊椎輸送化學藥劑，邁克爾脊椎部位被開了十來個洞，加上他那癟嘴唇上的潰瘍、草叢似的頭髮、整天摧毀般的痛苦，以及僅有幾個朋友的孤獨，邁克爾曾對他母親說，他想死。

索普請醫院幫他們搬來一台電視機。他打開電視，與邁克爾一起觀看最近的運動會轉播。索普看著邁克爾那張被類固醇弄得蒼白而又浮腫的臉、凹陷的眼睛，就叫他「福斯特」——這是《艾德穆思・法米拉》一書中具有無限精神力量的英雄。邁克爾像「福斯特」一樣頑強的活著。索普把自己的大腳放到床上和邁克爾的腳比著玩，邁克爾的腳剛好是索普的一半。邁克爾那天精神格外好，他體內的這個變化是醫生和父母都不可能做到的。

不可思議的事，在這個已失去比賽信心的男孩和這個喪失活下去的勇氣的男孩之間發生了。索普彷彿感到自己離開了邁克爾，走進另外的病房，跟那些就要死的孩子們談話；他又覺得自己正在游泳池裡拼命划水卻怎麼也快不了，他想到自己原本充沛的精力和志向，臉燒得通紅。

「我終於知道，我錯了。」他說，「我的才能應該是一件禮物，應該是送給邁克爾的一件禮物。我恢復了勇氣，因為我看見了邁克爾，認識到了生命的寶貴。後來我在訓練中感到疲勞時，我就想這不算什麼，邁克爾正承受著更大的痛苦。」

邁克爾彷彿也有了目標，他焦急的期盼著。那天晚上，當索普走上世界盃四百米自由泳比賽的起點台時，「福斯特」被牢牢黏在電視螢幕上。「希望他能贏。」他念叨著。

比賽一開始，邁克爾就揮動拳頭，尖聲叫喊著：「快！索普！快！你一定能贏！」

最後一百米，索普落在澳大利亞明星格蘭特・海克特背後很遠，對於一個

十五歲的孩子來說，取勝幾乎是不可能的了。

所有的運動員都開始了最後的衝刺。邁克爾聲嘶力竭的叫喊著：「索普你一定要贏！一定要贏得世界冠軍！」

索普拼了全力，他彷彿聽見了邁克爾的加油聲，心裡默念著：「我一定要贏，我要把這個禮物送給邁克爾！」

比賽結束時，夜幕降臨了。再也沒有人聽見「福斯特」的聲音。他嗓子啞了——喊啞了，他太興奮了。他躺回到床上，像一個征戰歸來的疲憊的勇士，帶著累累傷痕閉上了眼睛。或許他是特殊的，或許他的生命值得為此戰鬥。他的夥伴在最後一百米衝刺中贏得了勝利，成了歷史上最年輕的世界冠軍。

一九九八年在邁克爾拆掉胸上的醫療橡皮管一周後，索普和他父母飛到吉隆玻，觀看世界運動大會。在這次運動會上，索普贏得四塊金牌。他揮動著獲勝者才有的尼絨制金絲猴，走下頒獎台，把它放進邁克爾顫抖的手裡。

二〇〇〇年九月，澳大利亞奧會在悉尼舉辦了一次盛大的晚宴。索普應邀走上講臺。

「人們常問我，我成功的動力是什麼？」他說，「它不是我能說得清的，但我能讓大家看見。」說完索普走了下去。

不一會兒，邁克爾出現在講臺上。這個十三歲的孩子面對著麥克風，一束燈光照亮了他。他張開嘴講話，但卻沒有說出聲來。難道他又啞了嗎？他重複著同樣的動作：張嘴，無聲；又開始，結束。整個大廳肅靜無聲，人們仿佛僵在那兒。突然，人們爆發出熱烈的掌聲，越來越響，經久不息。麥克風壞了，但是這個帶著三點六公斤腫瘤的男孩卻站在那裡，不容置疑的活著。

如今，邁克爾回來了，回到學校——索普讀過的學校。

索普對他說：「下屆奧運會我還要拿冠軍。」

邁克爾晃了晃他的小禿頭說：「你一定行！」

有情的生命植於無情的世界，是一次限時的路過；有一個遠在天邊或近在身旁的朋友相伴是人生的一大幸事。在遇到逆境的時候，朋友之間相互鼓勵的作用是巨大的，它能創造奇蹟！

點心鋪的老闆

從前，一個鎮上有一家專賣高級點心的店鋪。一天，店鋪裡的夥計接待了一個衣衫襤褸的男人，他來這兒要買一個豆沙包。要知道這是一家只賣價格昂貴點心的店鋪，而這個人只是來買一個豆沙包，真是一件極其稀罕的事。所以店鋪裡的小夥計儘管已裝好了他要的豆沙包，但還是在為是否要像對待普通顧客那樣遞過去而感到猶豫不決；此時，目睹了這一幕的店老闆對小夥計發話了：「等一會兒，讓我來做。」說著店老闆親自把裝好的豆沙包遞到那人手中。在接過錢的同時，老闆又深深的鞠了一躬：「感謝光臨。」

待那個男人出了店門後，小夥計不解的問老闆：「我記得以前店裡不論來了什麼樣的顧客，老闆您從來沒有親自為其遞送物品，這一切都是由我們夥計和經理來接待的。可是，為什麼今天您特地來親自接待呢？」

對此，老闆是這樣回答的：

「的確，平時這一切都是由你們和經理來完成的，所以你感到奇怪是理所當然的。但是，你要好好記住，這裡面有經營之道。雖然平時來光顧我們店的每一位顧客都是值得感謝的，但是，今天的那位顧客的情況又有所不同。」

「有什麼不同呢？」

「平時來我們店裡光顧的大多是有錢人，所以他們來我們店一點也不奇怪。可是今天的這位顧客卻是為了要品嘗一下我們店裡的豆沙包而把自己的一分錢、兩分錢，可以說是把僅有的一點積蓄都傾囊而出了。恐怕再也沒有比這更難能可貴的事了吧？對於這樣的顧客，作為店老闆的我親自來接待是理所當然的。這可是商人的經營之道呀！」

在生活中，如果你時刻都能夠去真心的體會別人的感受，從他人的立場和角度出發，你就能得到更多人的信任和更多的快樂。小小的舉動對於你來說很容易，但對於需要它的人來說是何等的重要。在感激與被感激中，你能夠深刻的體驗到做人的充實和快樂。

我需要你的協助

保險推銷員甘道夫年輕時，拜訪過一位很有名氣的書商。在書商家裡，甘道夫看到許多徽章及獎盃。於是，甘道夫問他：

「這些徽章和獎盃是如何得來的？」

「我曾獲得美國最佳書商的稱號。」

「你是如何成為第一名的？」

「因為我知道神奇的格言。」

「什麼神奇的格言？」

「我會向客戶說『我需要你的協助』，當你誠心誠意地向別人求助時，沒有人會說不。」

「你要求什麼幫助？」

「我請他給我三個朋友的名字。」

甘道夫知道了這位書商當年成功的秘密，這位書商是向客戶索求三個被推薦的名單，為什麼是三個，而不是五個，十個呢？根據心理學家分析說，人們習慣性用「三」來思考，此外，很少人有三個以上的好朋友。

一句「我需要你的協助」的確幫了甘道夫許多忙，在取得三個朋友的名字之後，甘道夫會向客戶瞭解他的年齡、經濟狀況，然後在離開之前甘道夫會對客戶說：

「你會在下周前與他們見面嗎？如果會，你願不願意向他們提起我的名字？或者是，你會不會介意我提到你的名字呢？我會用我與你接觸的方式，與他們接觸。」

「我需要你的協助」的確是一個好方法。甘道夫牢牢記住這句話，因為很多人都願意提供這種微不足道的說明，他的客戶群像滾雪球一樣擴大，透過真誠的交往和不懈的努力，甘道夫終於成為歷史上第一位一年內銷售額超過十億美元壽險的成功人士。

有時候，成功就是這樣莫名其妙。當你說十遍「我來幫助你」也不見效的時候，不妨說一句「我需要你的協助」。人人都需要認同，每個人都是生活的強者。當你用低姿態誠懇地求助時，上帝一定會看到你需要的並不是現成的成功，而是獲得成功的機會。記住這七個字並且大聲說出來：「我需要你的協助！」

微笑的力量

美國加州有一個六歲的小女孩，在一次偶然的機會中，遇到一個陌生的路人，陌生人一下子給了她四萬美元的現款。

一個小女孩突然得到這麼大金額的餽贈，消息一傳出去，整個加州都為之瘋狂騷動起來。

記者紛紛找上門來，訪問這個小女孩：「小妹妹，你在路上遇到的那位陌生人，你認識他嗎？他是你的遠房親戚嗎？他為什麼會給你那麼多的錢？四萬美元，那可是一筆很大的數目啊！那位給你錢的陌生人，他是不是腦子有問題……」

小女孩露出甜美的微笑，回答：「不，我不認識他，他也不是我的什麼遠房親戚，我想……他腦子應該也沒有問題！為什麼給我這麼多錢，我也不知道啊……」儘管記者用盡一切方法追問，仍然無法一探究竟。

最後，小女孩的鄰居和家人試著用小女孩熟知的方法來引導她，要她回想一下，為何那個陌生人會給她這麼多錢。

這個小女孩努力的想了又想，約莫過了十分鐘，她若有所悟的告訴父親：「就在那一天，我剛好在外面玩，在路上遇到那個人，當時我對他笑了笑，就只是這樣呀！」

父親接著問道：「那麼，對方有沒有說什麼話呢？」

小女孩想了想，答道：「他好像說了句：『你天使般的微笑，化解了我多年的苦悶！』爸爸，什麼是苦悶啊？」

原來，那個陌生人是一個富豪，是一個不很快樂的有錢人。他臉上的表情一直是非常冷酷而嚴肅的，整個小鎮根本沒有人敢對著他笑。他偶然遇到這個小女孩，對著他露出真誠的微笑，使他心中不自覺的溫暖了起來，讓他將塵封了不知多少年的心扉打開了。

於是，富豪決定給予小女孩四萬美元，這是他對那時候他所擁有的那種感覺定出的價錢。

真誠的話語和感人的微笑，是感化人心最有力的武器。對陌生人的微笑，能夠使彼此都快樂；對對手的微笑，能夠化解彼間的仇恨；對天使的微笑，能夠讓你顯得更加美麗。

價值一杯牛奶的手術費

一個生活貧困的男孩為了積攢學費，挨家挨戶的推銷商品，他的推銷進行得很不順利。傍晚時他疲憊萬分，饑餓難耐，絕望的想放棄一切。走投無路的他敲開一扇門，希望主人能給他一杯水。開門的是一位美麗的年輕女子，她笑著遞給了他一杯濃濃的熱牛奶。男孩和著眼淚把它喝了下去，從此對人生重新鼓起了勇氣。許多年後，他成了一位著名的外科大夫。

一天，一位病情嚴重的婦女被轉到了這位著名的外科大夫所在的醫院。大夫順利的為婦女做完手術，救了她的命。無意中，大夫發現那位婦女正是多年前在他饑寒交迫時給過他那杯熱牛奶的年輕女子！他決定悄悄的為她做點什麼。一直為昂貴的手術費發愁的那位婦女硬著頭皮辦理出院手續時，在手術費用單上看到的是這樣七個字：「手術費：一杯牛奶。」

不一定要做驚天動地的事情才能感動心靈。救助人於關鍵的時刻，哪怕是一點點微小的舉動，都會產生人間的奇蹟。所以如果你總是懷著感恩的心，你也就能得到感恩的回報。

他就是救我的那個人

一個失去雙親的小女孩與奶奶相依為命，住在樓上的一間臥室裡。一天夜裡，房子著火了，奶奶在搶救孫女時被火燒死了。大火迅速蔓延，整棟樓已是一片火海。鄰居已呼叫過消防隊，所以只能無可奈何的站在外面觀望，火焰封住了所有的進出口。小女孩出現在樓上的一扇窗戶旁，哭叫著救命，人群中傳出消息：「消防隊員正在撲救另一場火災，要晚幾分鐘才能趕來。」

突然，一個男人扛著梯子出現了，梯子架到牆上，人鑽進火海之中。他再次出現時，手裡抱著小女孩，把她交給了下面迎接的人群，男人消失在夜色之中。

調查發現，這小女孩在世上已經沒有親人了。幾周後，鎮長召開群眾會，商議誰來收養這個孩子。

一位教師願意收養這孩子，說她保證讓孩子受到良好的教育。一個農夫也想收養這孩子，他說孩子在農場會生活得更加健康愜意。其他人也紛紛發言，述說把孩子交給他們撫養的種種好處。最後，鎮上最富有的居民站起來說話了：「你們提到的所有好處，我都能給她，並且能給她金錢和金錢能夠買到的一切東西。」從始至終，小女孩一直沉默不語，眼睛望著地板。

「還有人要發言嗎？」會議主持人問道。

一個男人從大廳的後面走上前來，他步履緩慢，似乎在忍受著痛苦。他徑直來到小女孩的面前，朝她張開了雙臂。人群一片譁然，他的手上和胳膊上佈滿了可怕的傷疤。

小女孩叫出聲來：「他就是救我的那個人！」她一下子跳起來，雙手死命的抱住了男人的脖子，就像她遇難的那天夜裡一樣。她把臉埋進他的懷裡，抽泣了一會兒，然後，抬起頭，朝他笑了。

「現在散會。」會議主持人宣佈道……

真正的愛心，比一切財富都重要。在你感謝火焰給你光明的時候，不要忘了身邊執燈的朋友，是他在黑暗中給你指出了一條通向光明的路。

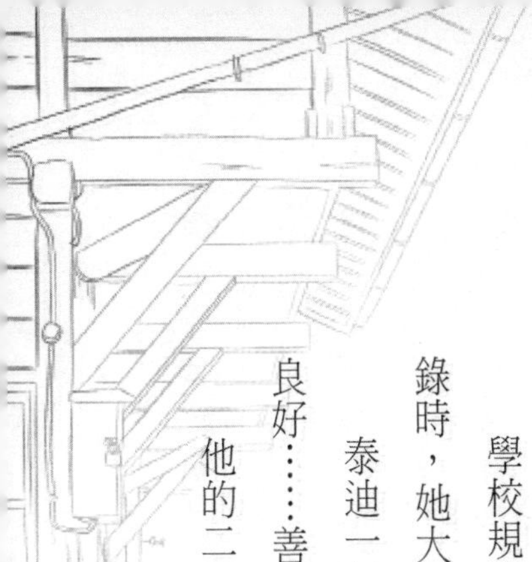

掉了幾顆水晶的手鐲和半瓶香水

湯普森太太是一位小學老師。在開學第一天，她就對班上的五年級學生說了一句謊話。就像大多數老師一樣，她對學生們說，她會一視同仁的愛班上的每一個學生。但這是不可能的，因為坐在第一排的是泰迪・斯托達德。

湯普森太太注意到，泰迪的表現並不好，他不合群，衣服很髒，總是不洗澡，而且泰迪總是鬱鬱寡歡。湯普森太太也樂於在他的作業本上用紅筆打上大大的「ㄨ」，並批上「不及格」。

學校規定，老師要閱讀以前的老師對每一個學生的評語。當她讀到泰迪的記錄時，她大吃一驚。

泰迪一年級老師的評語是：泰迪是一個開朗、聰明的孩子。作業整潔，儀表良好……善於與人相處。

他的二年級老師的評語是：泰迪是一個優秀的學生，深受同學愛戴，但他並不快樂，因為他的母親患了重病。

他的三年級老師的評語是：他母親的亡故給他的打擊很大。他很努力，但他的父親對他毫不關心。

泰迪的四年級老師的評語：泰迪喪失了學習興趣。他不合群，有時在課堂上打瞌睡。

現在，湯普森太太知道了問題所在，她為自己感到羞愧。當她收到學生們的聖誕禮物時，她更感到無地自容了。在繫著美麗緞帶的色彩鮮豔禮物中，只有泰迪的禮物是用雜貨店的紙袋包的。

湯普森太太打開泰迪的禮物時，她發現，裡面是一隻掉了幾顆水晶的手鐲和半瓶香水。一些學生發出嘲笑聲，但她卻讚歎說：「手鐲很漂亮。」她把手鐲戴在手上，並在手腕上灑了一些香水，同學們的笑聲停止了。

那天泰迪放學後留了下來，他對湯普森太太說：「老師，今天您看起來就像我媽媽一樣。」在泰迪走後，她獨自哭了一小時。

從那天開始，她不再是教書，而是開始教孩子。

湯普森太太對泰迪尤其關心。在她的輔導和鼓勵下，泰迪飛速進步。學期結束時，泰迪已成為班上最好的學生之一。儘管她說過，她會對同學們一視同仁，但她還是對泰迪關愛有加。

一年後，她在門縫裡發現一張泰迪寫的紙條，上面寫著：「您依然是我所遇到的最好的老師。」

六年過去了，她收到一封泰迪的信。信上說，他已高中畢業，是班上第三名，而且，她仍然是他所遇到的最好的老師。

又過了四年，她又收到了泰迪的信，信上說，儘管他遇到許多麻煩，但他依然在上學，並且成績優異，很快就要大學畢業了。他向她保證，她仍然是他所遇到的他最喜歡的、最好的老師。

又是四年過去了，她又收到泰迪的來信。這次他解釋說，他獲得了博士學位，他決定繼續深造。他還說，她依然是他所遇到的他最喜歡的、最好的老師。

但故事並沒有就此結束。那年春天他又寄來了一封信。泰迪說，他正準備結婚。他說，幾年前他父親去世了。他問湯普森太太是否願意參加他的婚禮，並坐在通常為新郎母親所留的位子上。

當然，湯普森太太同意了。那天，她戴上了那只掉了幾顆水晶的手鐲，她灑的香水正是泰迪母親所用的同樣的香水。

他們互相擁抱。泰迪在湯普森太太耳邊低聲說道：「謝謝您，湯普森太太，謝謝您信任我，非常感謝您讓我覺得自己很重要。」

湯普森太太熱淚盈眶，她輕聲告訴泰迪：「泰迪，你錯了。是你教會了我，我可以讓自己變得很重要。我以前並不知道如何教書，直到我遇到了你。」

感動人心的事情總是在生活中無處不在的。就像老師與學生，善良正確的教導是對學生最好的教育方式。而學生回報老師的最好方式也莫過於用自己的努力取得優異的成績。

寂寞的夜晚敲響門環的朋友

兩個十分要好的朋友先後誤入了歧途，朋友甲進了拘留所，朋友乙進了監獄。一時間，素日圍在他們身邊靠他們吃喝的那些狐朋狗友都作鳥獸散，也有一些人起初未顯薄情，噓寒問暖，打點關係，幫助照顧家裡人。但這樣的人終歸還是越來越少了。朋友甲出來得快些，也不過是八個月，不離不棄的朋友只剩下四、五個。朋友乙經過不屈不撓的申訴，兩年後逃脫囹圄，他的朋友只剩一兩個而已。

物是人非，大家聚在一起喝酒，都感慨著世態炎涼。朋友甲或許是自覺朋友多，便安慰乙。乙道：「這飯是好飯。這時的朋友少不見得是件壞事。洞眼大的籮篩著順，但篩出的雜屑就多。洞眼小的籮篩得雖然澀，但篩下的肯定都是好麵。」

聽到這個故事的時候，我正站在陽臺看天上紛紛揚揚的落雪。「綠蟻新醅酒，紅泥小火爐。晚來天欲雪，能飲一杯無？」這幾乎是人人皆知的《問劉十九》。白居易在未雪之時，煮酒以待將至的朋友。酒蟻碧透，火色正豔，朋友來到圍爐而坐，絮話夜談，窗外的雪這時候已經飄起來了吧！酒香染著雪舞，優美而浪漫。這時與你對坐的朋友會是什麼樣的人呢？可能是什麼樣的人呢？實際上又是什麼樣的人呢？

把朋友的種類和雪聯繫在一起，我突然覺得無法想像。晴天，和你聊大雪小雪節氣風向的朋友，該是那種最一般的衣食茶米的朋友吧？那麼雪花徜徉裡和你談詩論道的朋友，該是那種怡情雅趣彈箏撫琴的朋友。雪中牽手漫步的朋友，該是知己。雪中送炭的朋友，該是摯人——這便是朋友中最深情的一種了吧？

然而，還有雪後呢！曾記得有一年大雪連連，在雪中大家還呼朋引伴的出去鬧雪。雪停之後，溫度陡降，雪路骯髒，每日房檐下響著悠長而清脆的雪化聲。不得不出門的時候，褲腳必定要粘上泥漿。於是，大家都在屋裡安分的待著，很少再有人去那冰冷凜冽的世界踏步。「下雪不冷消雪冷。」消雪時分，是極致的寒。在消雪過程中站立的人，宛若裸體，脆弱孤獨，不言而喻。消雪時分，有帶

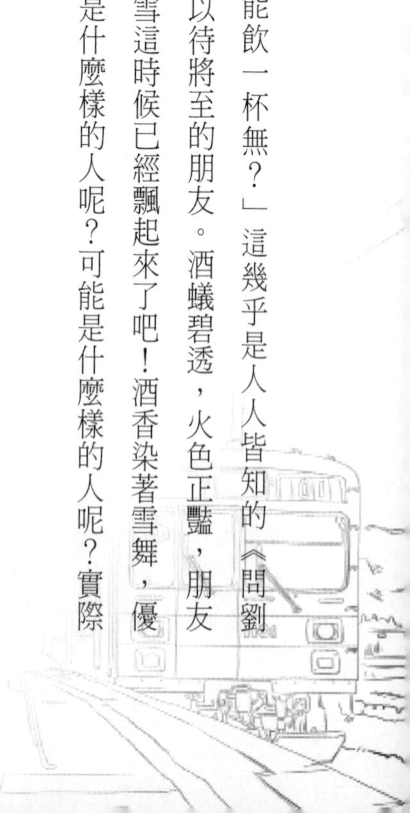

著一捆木柴，一疊銅板，一雙舊靴，一塊方巾，一壺開水，一碗鹹菜……來臨的朋友，他就如同印在你生命裡的親人，如同和你用心靈建造起類似血緣關係的親人，如同值得你用誠摯的熱淚來擁吻的親人。

我尊重衣食茶米的朋友，欣賞彈箏撫琴的朋友，喜歡牽手漫步的朋友，珍視雪中送炭的朋友。而最理想的是，能有消雪時分的朋友，希望自己如果將來遇雪，也會有一些消雪時分的朋友，哪怕只有一位，我也會視為莫大的幸福。固然不希望朋友遇雪，但當大雪飄飄，我希望我就是那種消雪時分的朋友，那種在寂寞的夜晚敲響朋友門環的朋友。

當心裡暗暗希望能和某個人成為朋友，而又因此人氣勢正盛不想靠近時，我就會不由自主的想：「若是在消雪時分能與之相遇相交，那該多好啊。那時，我的腳印鐫刻在一片泥濘之中，一定會清晰得如一朵朵梅花。」

人生中的朋友

從前有一個行俠仗義廣交天下豪傑的武夫。他臨終前對他兒子說：「別看我自小在江湖闖蕩，結交的人如過江之鯽，其實我這一生就只交了一個半朋友。」

兒子納悶不已。他的父親就貼近他的耳朵交代一番，然後對他說：「你按我說的去見見我的這一個半朋友，朋友的要義你自然就會懂得。」

兒子先去了他父親認定的「一個朋友」那裡。對他說：「我是某某的兒子，現在正被朝廷追殺，情急之下投身你處，希望予以搭救！」這人一聽，容不得思索，趕忙叫來自己的兒子，喝令兒子速速將衣服換下，穿在了眼前這個並不相識的「朝廷要犯」的身上，而自己兒子卻穿上了「朝廷要犯」的衣服。

兒子明白了：在你生死攸關的時刻，那個能與你肝膽相照，甚至不惜割捨自己親生骨肉來搭救你的人，可以稱作你的一個朋友。

兒子又去了他父親說的「半個朋友」那裡。抱拳相求把同樣的話訴說了一

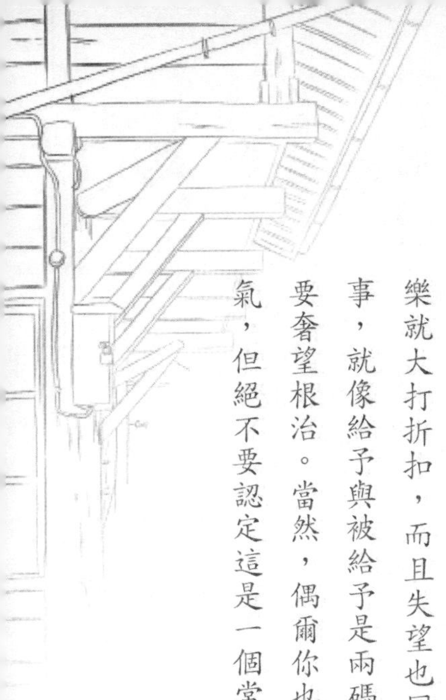

遍。這「半個朋友」聽了，對眼前這個求救的「朝廷要犯」說：「孩子，這等大事我可能救不了你，我這裡給你足夠的盤纏，你遠走高飛快快逃命，我保證不會告發你……」

兒子明白了：在你患難的時刻，那個明哲保身、但能夠不落井下石加害你的人，也可稱作是你的半個朋友。

那個父親的臨終告誡，不僅僅讓他的兒子，也讓我們懂得了一個交友的道理：「你可以廣交朋友，也不妨對朋友用心善待，但絕不可以苛求朋友給你同樣回報。」善待朋友是一件純粹的快樂的事，其意義也常在此。如果苛求回報，快樂就大打折扣，而且失望也同時隱伏。畢竟，你待他人好與他人待你好是兩碼事，就像給予與被給予是兩碼事一樣，你的善只能感染或者淡化別人的惡，但不要奢望根治。當然，偶爾你也會遇上像你一樣善待你的人，你該慶倖那是你的福氣，但絕不要認定這是一個常理。

一根蠟燭的感動

有一位單身女子剛搬了家，她發現隔壁住著一戶窮人家，是一個寡婦與兩個小孩子。有天晚上，那一帶忽然停了電，那位女子只好自己點起了蠟燭。沒一會兒，忽然聽到有人敲門。

原來是隔壁鄰居的小孩子，只見他緊張的問：「阿姨，請問你家有蠟燭嗎？」女子心想：「他們家竟窮到連蠟燭都沒有嗎？千萬別借他們，免得被他們賴上了！」

於是，對孩子吼了一聲說：「沒有！」正當她準備關上門時，那小孩露出關愛的笑容說：「我就知道你家一定沒有！」說完，竟從懷裡掏出一根蠟燭，說：「媽媽和我怕你一個人住又沒有蠟燭，所以我拿一根來送你。」

此刻女子自責，感動得熱淚盈眶，將那小孩子緊緊的擁在懷裡。

不要總是以自己的心胸去衡量他人的思想，永遠束縛在整體中一個孤零零的片斷上。那樣的話，也就把自己變成一個片斷了。

善良的力度

一對夫妻很幸運的訂到了火車票，上車後卻發現有一位女士坐在他們的位子上。先生示意太太坐在她旁邊的位子上，自己站在了旁邊，卻沒有請那女士讓開。太太坐定後仔細一看，發現那位女士右腳有點不方便，才瞭解先生為何不請她起來。他就這樣從嘉義一直站到臺北。下了車之後，心疼先生的太太就說：「讓位是善行，但是從嘉義到臺北這麼久，中途大可請她把位子還給我們，換你坐一下。」

先生卻說：「人家不方便一輩子，我們不就不方便這三小時而已。」太太聽了相當感動，覺得世界都變得溫暖了許多。

「人家不方便一輩子，我們不就不方便這三小時而已。」多麼浩蕩大氣、慈悲善美的一句話。它能將善念傳遞給別人，影響周遭的環境氛圍，讓世界變得善美、圓滿。

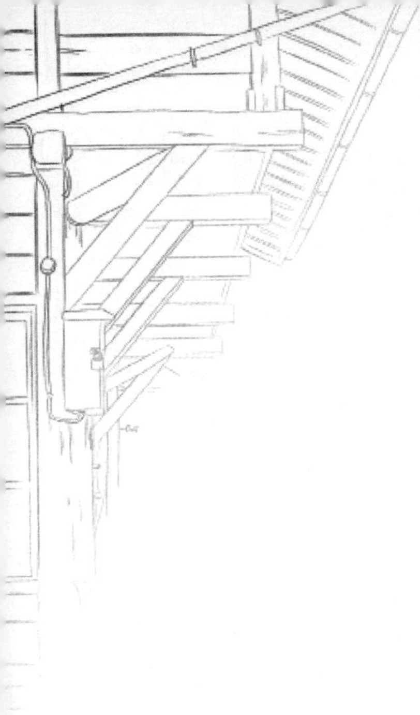

善良，多麼單純有力的一個詞彙，它淺顯易懂，它與人終生相伴。但願我們能常追問它、善用它，因為老祖宗早就叮囑過「善為至寶」。

珍惜你的朋友

阿拉伯傳說中有兩個朋友在沙漠中旅行，在旅途中的某地他們吵架了，一個還給了另外一個一記耳光。被打得覺得受辱，一言不語，在沙子上寫下：「今天我的好朋友打了我一巴掌。」他們繼續往前走。直到到了沃野，他們就決定停下。被打巴掌的那位差點淹死，幸好被朋友救起來了。被救起後，他拿了一把小劍在石頭上刻了：「今天我的好朋友救了我一命。」

一旁好奇的朋友問：「為什麼他打了你以後你要寫在沙子上，而現在要刻在石頭上呢？」

他笑著回答說：「當被一個朋友傷害時要寫在易忘的地方，風會負責抹去它；如果被幫助，我們要把它刻在心裡的深處。」

朋友相處時的傷害往往是無心的，幫助卻是真心的，忘記那些無心的傷害，銘記那些對你真心的幫助，你會發現在這世上你有很多值得你珍惜的朋友……

在日常生活中，就算最要好的朋友也會有摩擦，也會因一些摩擦而分開。但每當夜闌人靜時，我們望向星空，總能憶起和朋友相處的美好時刻。不知為何，那些瑣碎的回憶，卻為寂寞的心靈帶來無限的震撼！

做真正的好朋友

她和她成為朋友的時候，是上學的年齡。人家都說，那時的感情就如同剛出世孩子的眼睛一樣明亮、純真。

她常被人誤解為是一個充滿想像力的女孩。緣於她對朋友的熱情是豐富多彩的，因為她想給她的朋友在平凡的日子製造出很多驚喜、快樂；緣於她不怎麼世故；緣於她順利的經歷；緣於她喜歡讀書聽音樂寫作。在許多人眼中，這種女孩活得不現實。

在她的心裡，真正的朋友不在乎有很多，哪怕只有一個就足矣。

可是，即使再好的朋友，也不可能走同樣的道路。兩個好朋友生活在同一個世界，卻已經走向了不同的生活。

但是，兩個女孩還是互相關心，互相鼓勵、支持，彼此交心，真是感覺很快樂，因為她們守護著「做真正的好朋友」的諾言。

好朋友在為自己的理想努力著，她這個生活平靜的女孩一直在旁邊默默的為她祝福。其實這麼多不見面的日子，她一直一個人生活著，有時候很孤單、很寂寞，可是好朋友的感情在心裡不曾改變。盼望每個休假的日子能夠見面，但一個又一個休假的日子卻是那樣無聲無息的過去了。

她的心裡很失落，失落不是因為見不到面，是因為她不知道能為好朋友做些什麼，沒有了交流，不瞭解好朋友的一切，那種感覺讓心裡好冷，冷到把她的熱情之火都熄滅了。

她不習慣這種沒有朋友的感覺，最深刻的感情能承受起大風大雨的風浪，但是卻承受不起最平庸無味的日子。

又是一個休假的日子，電話響起，好朋友說我很忙，但是，我們還是可以見個面，陪你去唱歌、去看電影、去照大頭貼，我再回去工作。

她拒絕了，雖然她知道那是她多麼盼望的事。但她也知道這是朋友寶貴的時間，她還是不要佔用。其實做什麼事情根本不重要，重要的其實只是想和她說說話，交交心，開心的一笑，僅此而已。

真正的好朋友是能感覺到的。又再次打來電話，電話的那頭只說了一句話：

「你來吧，我真的很想你。」女孩的眼睛濕了。

她只想對好朋友說，不要再說那些做地久天長的朋友、做一輩子的好朋友那些不切實際的話，只想簡簡單單做今天的好朋友，做每一天的好朋友。

真正的好朋友明白你的心意，支持你的夢想，也理解你的努力。只是在不聯繫的日子，你要珍惜自己，也要珍惜你真正的好朋友。

讀品文化 Spirit Surprise 讀者回函卡

謝謝您購買這本書。
為加強對讀者的服務，請您詳細填寫本卡，寄回**讀品文化**，並將務必留下您的E-mail帳號，我們會主動將最近「好康」的促銷活動告訴您，保證值回票價。

書　　名：愛的故事
購買書店：＿＿＿＿市／縣＿＿＿＿書店
姓　　名：＿＿＿＿＿＿
身分證字號：＿＿＿＿＿＿
電　　話：(私)＿＿＿＿(公)＿＿＿＿(傳真)＿＿＿＿
E-mail　：＿＿＿＿＿＿
地　　址：□□□＿＿＿＿＿＿
年　　齡：□20歲以下　□21歲～30歲　□31歲～40歲
□41歲～50歲　□51歲以上
性　　別：□男　□女　婚姻：□已婚　□單身
生　　日：＿＿年＿＿月＿＿日
職　　業：□學生　□大眾傳播　□自由業　□資訊業
□金融業　□銷售業　□服務業　□教
□軍警　□製造業　□公　□其他
教育程度：□國中以下（含國中）　□高中以下
□大專　□研究所以上
職 位 別：□在學中　□負責人　□高階主管　□中級主管
□一般職員□專業人員
職 務 別：□學生　□管理　□行銷　□創意　□人事、行政
□財務、法務　□生產　□工程

您從何得知本書消息？
□逛書店　□報紙廣告　□親友介紹
□出版書訊　□廣告信函　□廣播節目
□電視節目　□銷售人員推薦
□其他

您通常以何種方式購書？
□逛書店　□劃撥郵購　□電話訂購　□傳真訂購
□團體訂購　□信用卡　□DM　□其他

看完本書後，您喜歡本書的理由？
□內容符合期待　□文筆流暢　□具實用性　□插圖
□版面、字體安排適當　□內容充實
□其他

看完本書後，您不喜歡本書的理由？
□內容不符合期待　□文筆欠佳　□內容平平
□版面、圖片、字體不適合閱讀　□觀念保守
□其他＿＿＿＿＿＿

您的建議

＿＿＿＿＿＿

＿＿＿＿＿＿

剪下後請寄回「22103新北市汐止區大同路三段194號9樓之1讀品文化收」